畢璞全集·小說·十七

清音

【推薦序一】
老樹春深更著花

封德屏

一九八六年四月，畢璞應《文訊》雜誌「筆墨生涯」專欄邀稿，發表〈三種境界〉一文，她在文末寫道：

這種職業很適合我這類沉默、內向、不善逢迎、不擅交際的書呆子型人物，我很高興我當年選擇了它。我既沒有後悔自己走上寫作這條路，又說過它是一種永遠不必退休的行業；那麼，看樣子，我是注定了此生還是要與筆墨為伍了。

畢璞自知甚深，更有定力付之行動，近三十年來她持續創作，陸續出版了數本散文、小說、自選集；三年前，為了迎接將臨的「九十大壽」，她整理近年發表的文章，出版了散文集

《老來可喜》。年過九十後，創作速度放緩，但不曾停筆。二〇〇九年元月《文訊》創辦的「銀光副刊」，至今刊登畢璞十二篇文章，上個月（二〇一四年十一月），她在「銀光副刊」發表了短篇小說〈生日快樂〉，此外，也仍偶有文章發表於《中華日報》副刊。畢璞用堅毅無悔的態度和纍纍的創作成果，結下她一生和筆墨的不解之緣。

一九四三年畢璞就發表了第一篇作品，五〇年代持續創作，創作出版的高峰集中在六〇、七〇年代。一九六八年到一九七九年是她作品的豐收期，這段時間有時一年出版三、四本，甚至五本。早些年，她是編寫雙棲的女作家，曾主編《大華晚報》家庭版、《公論報》副刊、《徵信新聞報》家庭版，並擔任《婦友月刊》總編輯，八〇年代退休後，算是全心歸回到自適自在的寫作生涯。

真摯與坦誠是畢璞作品的一貫風格。散文以抒情為主，用樸實無華的筆調去謳歌自然，讚頌生命；小說題材則著重家庭倫理、婚姻愛情。中年以後作品也側重理性思考與社會現象觀察。畢璞曾自言寫作不喜譁眾取寵、不造新僻字眼，強調要「有感而發」，絕不勉強造作。

畢璞生性恬淡，除了抗戰時逃難的日子，以及一九四九年渡海來台的一段艱苦歲月外，自認大半生風平浪靜。「淡泊名利，寧靜無為」是她的人生觀，讓她看待一切都怡然自得。雖然前後在報紙雜誌社等媒體工作多年，一九五五年也參加了「中國婦女寫作協會」，可能如她自己所言「個性沉默、內向，不擅交際」，多年來很少現身文壇活動。像她這樣一心執著於創作的人和其作品，在重視個人包裝、形象塑造，充斥各種行銷手法的出版紅海中，很容易會被湮沒遺忘。

然而，這位創作廣跨小說、散文、傳記、翻譯、兒童文學各領域，筆耕不輟達七十餘年的資深作家，冷月孤星，懸長空夜幕，環視今之文壇，可說是鳳毛麟角，珍稀罕見。在人們華服高軒、闊論清議之際，九三高齡的她，老樹春深更著花，一如往昔，正俯首案頭，筆尖不斷流淌出款款深情，如涓涓流水，在源遠流長的廣域，點點滴滴灌溉著每一寸土地。

感謝秀威資訊科技股份有限公司，在文學出版業益顯艱辛的此刻，奮力完成「畢璞全集」二十七冊的巨大工程。不但讓老讀者有「喜見故人」的驚奇感動，也讓年輕一代的讀者，有機會可以在快樂賞讀中，認識畢璞及其作品全貌。我們也希望透過文學經典這樣的再現與傳承，向這位永遠堅持創作的作家，表達我們由衷的尊崇與感謝之意。

民國一〇三年十二月

（封德屏：現任文訊雜誌社社長兼總編輯、臺灣文學發展基金會執行長、紀州庵文學森林館長。）

【推薦序二】

老來可喜話畢璞

吳宏一

一

上星期二（十月七日），我有事到《文訊》辦公室去。事畢，封德屏社長邀我去參觀她們蒐集珍藏的期刊。看到很多民國五、六十年前後風行文壇的文藝刊物，目前多已停刊，不勝嗟嘆。《暢流》、《自由青年》、《文星》等我投過搞、發表過創作的刊物不說，連一些當時發行不廣的小刊物，她們也多有蒐集。其用心之專、致力之勤，實在不能不令人讚嘆。於是我向她提起我高中以迄大學時期文學起步的一些往事，中間提到若干文藝刊物和若干文壇前輩對我的鼓勵和影響。其中特別提到我大學一年級，民國五十年的秋天，剛進入台大中文系讀書時所認識的一些前輩先進。像當時住在濟南路的紀弦，住在廈門街的余光中，住在南昌街菸酒公賣局宿舍的羅悟緣，住在安東市場旁的羅門、蓉子……我都曾經一一去走訪，謝謝他們採用或推薦過我的作品。過程歷歷在目，至今仍記憶猶新。比較特別的是，去新生南路夜訪覃子豪時，還遇見過魏子雲；去峨嵋街救國團舊址見程抱南、鄧禹平時，還順道去《公論報》探訪副刊主編畢璞……。

一提到畢璞，德屏立即接了話，說「畢璞全集」目前正編印中，問我願不願意為她「全集」寫個序言。我答：寫序不敢，但對我文學起步時曾經鼓勵或提攜過我的前輩，我非常樂意寫紀念性的文字。不過，我也同時表示，我與畢璞五十多年來，畢竟才見過兩三次面，她的作品我讀得並不多，要寫也得再讀讀她的生平著作，而且也要她還記得我，對往事有些共同的記憶才好。所以我建議，請德屏代問畢璞兩件事：一是她記不記得在我大一下學期（民國五十一年春），她和另一位女作家到台大校園參觀之事；二是她在主編《婦友》月刊期間，記不記得曾經約我寫過詩歌專欄。

德屏說好。第二日早上十點左右，畢璞來了電話，客氣寒暄之後，告訴我：她記得她和鍾麗珠早年曾到台大校園和我見過面，但對於《婦友》約我寫專欄之事，則毫無印象。她知道我沒有讀過她的作品集，說要寄兩三本來，又知道我怕她年老行動不便，改口說，要不然，幾天內如果我能抽空，就煩請德屏陪我去內湖看她，由她當面交給我，同時可以敘敘舊、聊聊天。

我當然贊成。我已退休，時間容易調配，只不知德屏事務繁忙，能不能抽出空暇。想不到與德屏聯絡後，當天下午，就由《文訊》編輯吳穎萍小姐聯絡好，約定十月十日下午三點一起去見畢璞。

二

十月十日國慶節，下午三點不到，我就如約搭文湖線捷運到葫洲站一號出口等。不久，德屏與穎萍來了。德屏領先，走幾分鐘路，到康寧老人安養中心去見畢璞。途中德屏說，畢璞雖然年逾九旬，行動有些不便，但能以歡樂的心情迎接老年，不與兒孫合住公寓，怕給家人帶來不便，所以獨居於此，雇請菲傭照顧，生活非常安適。我聽了，心裡也開始安適起來，覺得她是一個慈藹安詳而有智慧的長者。

見面之後，我更覺安適了。記得我第一次見到畢璞，是民國五十年的秋冬之際，在西門町附近康定路的一棟木造宿舍裡，居室比較狹窄；畢璞當時雖然親切招待，但總顯得態度拘謹。相隔五十三年，畢璞現在看起來，腰背有點彎駝，耳目有些不濟，但行動尚稱自如，面容聲音卻似乎數十年如一日，沒有什麼明顯的變化。如果要說有變化，那就是變得更樸實自然，沒有絲毫的窘迫拘謹之感。

由於德屏的善於營造氣氛、穿針引線，由於穎萍的沉默嫻靜，只做一個忠實的旁聽者，那天下午，我和畢璞有說有笑，談了不少往事，讓我恍如回到五十三年前的青春年代。那時候，我才十八歲，剛考上台大中文系，剛到陌生而充滿新鮮感的臺北，常投稿報刊雜誌，常拜訪前輩作家。有一天，我到西門町峨嵋街救國團去領新詩比賽得獎的獎金，順道去附近的《聯合報》和《公論報》社。我到《公論報》社問起副刊主編畢璞，說明我常有作品發表，就有人給了我她家的住址。距離報社不遠，在成都路、西門國小附近。那時候我年輕不懂事，大家也少用電話，所以就直接登門造訪了。見面時談話不多，記憶中，畢璞說過她先生也在《公論報》上班，她如何編副刊，還有她兒子正讀師大附中，希望將來也能考上台大等。辭別時，畢璞說了一句，聽說台大校園春天杜鵑花開得很盛很好看。我謹記這句話，所以第二年的春天，投稿信中附帶留言，歡迎她跟朋友來台大校園玩。就因為這樣，畢璞和鍾麗珠在民國五十一年的春季，相偕來參觀台大校園。

確切的日期記不得了。畢璞說連哪一年她都不能確定。我翻開我隨身帶來送她的光啟版散文集《微波集》，指著一篇〈鄉愁〉後面標明的出處，民國五十一年四月二十七日發表於《公論副刊》。經此指認，畢璞稱讚我的記性和細心，而且她竟然也記起了當天逛傅園後，我請她們到福利社吃牛奶雪糕的往事。

很多人都說我記憶力強，但其實也常有模糊或疏忽之處。例如那一天下午談話當中，我提起雨中路過杭州南路巧遇《自由青年》主編呂天行，以及多年後我在西門町日新歌廳前再遇見他，聽他告訴我「驚天大祕密」的時候，確實的街道名稱，我就說得不清不楚，更糟糕的是，畢璞再次提起她主編《婦友》月刊的期間，真不記得邀我寫過專欄。一時間，我真無辭以對。當事人都這麼說了，我該怎麼解釋才好呢？好在我們在談話間，曾提及王璞、呼嘯等人，似乎又給了我重拾記憶的契機。

我私下告訴德屏，《婦友》確實有我寫過的詩歌專欄，雖然事忙只寫了幾期，但這些文章後來都曾收入我的《先秦文學導讀‧詩辭歌賦》和《從詩歌史的觀點選讀古詩》等書中，白紙黑字，騙不了人的。會不會畢璞記錯，或如她所言不在她主編的期間別人約的稿呢？

那天晚上回家後，我開始查檢我舊書堆中的期刊，找不到《婦友》，卻找到了王璞主編的《新文藝》和呼嘯主編的《青年日報》副刊剪報。他們都曾約我寫過詩詞欣賞專欄，印象中有一個與《婦友》大約同時。尋檢結果，查出連載的時間，《新文藝》是民國七十一年，《青年日報》則是民國七十七年。到了十月十二日，再比對資料，我已經可以推定《婦友》刊登我詩歌專欄的時間，應該是在民國七十七年七、八月間。

十月十三日星期一中午，我打電話到《文訊》找德屏，她出差不在。我轉請秀卿代查，傍晚她回覆，已在《婦友》民國七十七年七月至十一月號，找到我所寫的〈古歌謠選講〉，當時的總編輯就是畢璞。事情至此告一段落。記憶中，是一次作家酒會邂逅時畢璞約我寫的。寫了幾期，因為事忙，又遇畢璞調離編務，所以專欄就停掉了。這本來就是小事一樁，無關宏旨，豁達的畢璞不會在乎這個的，只不過可以證明我也「老來可喜」，記憶尚可而已。

三

「老來可喜」，是畢璞當天送給我看的兩本書，其中一本散文集的書名，語出宋代詞人朱敦儒的〈念奴嬌〉詞。另外一本是短篇小說集，書名《有情世界》。根據書後所附的作品目錄，原來畢璞的作品集，已出三、四十本。她挑選這兩本送我看，應該有其用意吧。看《老來可喜》這本散文集，可知她的生平大概；看《有情世界》這本短篇小說集，則可知她的小說特色所在。初讀的印象，她的作品，無論是散文或小說，從來都不以技巧取勝，就像她的筆名一樣，是未經琢磨的玉石，內蘊光輝，表面卻樸實無華，然而在樸實無華之中，卻又表現出一個共同的主題。一言以蔽之，那就是「有情世界」。其中有親情、愛情、人情味以及生活中的情趣。因此，讀來特別溫馨感人，難怪我那罕讀文藝創作的妻子，也自稱是她的忠實讀者。

讀畢璞《老來可喜》這本散文集，可以從中窺見她早年生涯的若干側影，以及她自民國三十八年渡海來台以後的生活經歷。其中寫親情與友情，敘事中寓真情，雋永有味，誠摯而動人。寫懷才不遇的父親，寫遭逢離亂的家人，寫志趣相投的文友，娓娓道來，真是扣人心弦。

其中〈西門懷舊〉一篇，寫她康定路舊居的一些生活點滴，更讓我玩味再三。即使寫她身邊瑣事的小小感觸，寫愛書成癡，愛樂成癡，寫愛花愛樹，看山看天，也都能使我們讀者體會到「生命中偶得的美」，享受到「小小改變，大大歡樂」。「生命中偶得的美」和「小小改變，大大歡樂」，正是她文集中的篇名。我們還可以發現，身經離亂的畢璞，涉及對日抗戰、國共內戰的部分，著墨不多，多的是「此身雖在堪驚」，「老來可喜，是歷遍人間，諳知物外」。這也正是畢璞同一時代大多婦女作家的共同特色。

讀《有情世界》這本小說集，則可發現：畢璞散文中寫得比較少的愛情題材，都寫進小說裡了。畢璞說過，小說是她的最愛，因為可以滿足她的想像力。讀完這十六篇短篇小說，我們確實可以發現，她的小說採用寫實的手法，勾勒一些時代背景之外，重在探討人性，敘寫一些有情有義的故事。特別是愛情與親情之間的矛盾、衝突與和諧。小說中的人物和故事，有真有假，「真」的往往是根據她親身的經歷，「假」的是虛構，是運用想像，無中生有塑造出來的。她把它們揉合在一起，而且讓自己脫離現實世界，置身其中，成為小說中人。

因此，我讀畢璞的短篇小說，覺得有的近乎散文。尤其她寫的書中人物，大都是我們城鎮小市民日常身邊所見的男女老少，故事題材也大都是我們城鎮小市民幾十年來所共同面對的移民、出國、旅遊、探親等話題。或許可以這樣說，較之同時渡海來台的作家，畢璞寫的小說，罕有激情奇遇，缺少波瀾壯闊的場景，也沒有異乎尋常的角色，既沒有朱西甯、司馬中原筆下的鄉野氣息，也沒有白先勇筆下的沒落貴族，一切平平淡淡的，可是就在平淡之中，卻能給人親近溫馨之感。表面上看，她似乎不講求寫作技巧，但仔細觀察，她其實是寓絢爛於平淡。像〈生命共同體〉一篇，寫范士丹夫婦這對青梅竹馬的患難夫妻，到了老年還為要不要移民美國而引起衝突，高潮迭起，正不知作者要如何收場，這時卻見作者藉描寫范士丹的一些心理活動，利用廚房下麵一個小情節，就使小說有個圓滿的結局，而留有餘味。〈春夢無痕〉一篇，寫梅湘退休後，到香港旅遊，在半島酒店前香港文化中心，竟然遇見四十多年前四川求學時代的舊情人冠倫。四十多年來，由於人事變遷，兩岸隔絕，二人各自男婚女嫁，都已另組家庭，正不知作者要如何安排後來的情節發展，這時卻見作者利用梅湘的一段心理描寫，也就使小說有個出人意外而又合乎自然的結尾，不會予人突兀之感。這些例子，說明了作者並非不講表現藝術，只是她運用寫作技巧時，合乎自然，不見鑿痕而已。所以她的平淡自然，不只是平淡自然，而是別有繫人心處。

四

畢璞同時的新文藝作家，有三種人給我的印象特別深刻。一是軍中作家，以寫新詩和小說為主，強調創新和現代感；二是婦女作家，以寫散文為主，多藉身邊瑣事寫人間溫情；三是鄉土作家，以寫小說和遊記為主，反映鄉土意識與家國情懷。這是二十世紀五、六十年代前後臺灣新文藝發展史上的一大特色。這三類作家的風格，或宏壯，或優美，雖然成就不同，但套用王國維的話說，都自成高格，自有名句，境界雖有大小，卻不以是分優劣。因此有人嘲笑婦女作家多只能寫身邊瑣事和生活點滴，那是學文學的人不該有的外行話。

畢璞當然是所謂婦女作家，她寫的散文、小說，攏總說來，也果然多寫身邊瑣事，或者說，多藉身邊瑣事寫溫暖人間和有情世界。但她的眼中充滿愛，她的心中沒有恨，所以她的筆端流露出來的，每一篇作品都像春暉薰風，令人陶然欲醉；情感是真摯的，思想是健康的，真的適合所有不同階層的讀者。

一般而言，人老了，容易趨於保守，失之孤僻，可是畢璞到了老年，卻更開朗隨和，更為豁達，就像玉石，愈磨愈亮，愈有光輝。她特別欣賞宋代詞人朱敦儒的「老來可喜」那首〈念奴嬌〉詞。她很少全引，現在補錄如下：

老來可喜，是歷遍人間，諳知物外。
看透虛空，將恨海愁山，一時挼碎。
免被花迷，不為酒困，到處惺惺地。
飽來覓睡，睡起逢場作戲。

休說古往今來，乃翁心裡，沒許多般事。
也不蘄仙不佞佛，不學栖栖孔子。
懶共賢爭，從教他笑，如此只如此。
雜劇打了，戲衫脫與獃底。

朱敦儒由北宋入南宋，身經變亂，歷盡滄桑，到了晚年，勘破世態人情，不但主張不學栖栖皇皇的孔子，說什麼經世濟物，而且也認為道家說的成仙不死，佛家說的輪迴無生，都是虛妄的空談，不可採信。所以他自稱「乃翁」，說你老子懶與人爭，管它什麼古今是非，說人生在世，就像扮演一齣戲一樣，各演各的角色，逢場作戲可矣，何必惺惺作態，說什麼愁呀恨呀。一旦自己的戲份演完了，戲衫也就可以脫給別的傻瓜繼續去演了。這首詞表現的人生觀，雖然豁達，卻有些消極。這與畢璞的樂觀進取，對「有情世界」處處充滿關懷，是不相契的。我想畢璞喜愛它，應該只愛前面的幾句，所以她總不會引用全文，有斷章取義的意思吧。

畢璞《老來可喜》的自序中，說西方人把老年分成三個階段：從六十五歲到七十五歲是「初老」，從七十六歲到八十五歲是「老」，八十六歲以上是「老老」；又說「初老」的十年是人生最美好的黃金時期，不必每天按時上班，兒女都已長大離家，內外都沒有負擔，沒有工作壓力，智慧已經成熟，人生已有閱歷，身體健康也還可以，不妨與老伴去遊山玩水，或抽空去學習一些新知，以趕上時代。想做什麼就做什麼，豈非神仙一般。畢璞說得真好，我與內子現在正處於「初老」的神仙階段，也同樣覺得人間有情，處處充滿溫暖，這幾天讀畢璞的書，益發覺得「老來可喜」，可喜者三：老來讀畢璞《老來可喜》，一也；不久之後，可與老伴共讀「畢璞全集」，二也；從今立志寫自己不像傳記的傳記，彷彿回到自己的青春時期，三也。

民國一〇三年十月十五日初稿

（吳宏一：學者，作家，曾任臺灣大學中文系教授、香港中文大學中文系、香港城市大學中文、翻譯及語言學系講座教授，著有詩、散文、學術論著數十種。）

【自序】長溝流月去無聲——七十年筆墨生涯回顧

畢璞

「文書來生」這句話語意含糊，我始終不太明瞭它的真義。不過這卻是七十多年前一個相命師送給我的一句話。那次是母親找了一位相命師到家裡為全家人算命。我從小就反對迷信，痛恨怪力亂神，怎會相信相士的胡言呢？當時也許我年輕不懂，但他說我「文書來生」卻是貼切極了。果然，不久之後，我就開始走上爬格子之路，與書本筆墨結了不解緣，迄今七十年，此志不渝，也還不想放棄。

從童年開始我就是個小書迷。我的愛書，首先要感謝父親，他經常買書給我，從童話、兒童讀物到舊詩詞、新文藝等，讓我很早就從文字中認識這個花花世界。父親除了買書給我，還教我讀詩詞、對對聯、猜字謎等，可說是我在文學方面的啟蒙人。小學五年級時年輕的國文老師選了很多五四時代作家的作品給我們閱讀，欣賞多了，我對文學的愛好之心頓生，我的作文成績日進，得以經常「貼堂」（按：「貼堂」為粵語，即是把學生優良的作文、圖畫、勞作等掛在教室的牆壁上供同學們觀摩，以示鼓勵）。六年級時的國文老師是一位老學究，選了很多古文做教材，使我有機會汲取到不少古人的智慧與辭藻；這兩年的薰陶，我在不知不覺中變成了文學的死忠信徒。

上了初中，可以自己去逛書店了，當然大多數時間是看白書，有時也利用僅有的一點點零用錢去買書，以滿足自己的書癮。我看新文藝的散文、小說、翻譯小說、章回小說……簡直是博覽群書，卻生吞活剝，一知半解。初一下學期，學校舉行全校各年級作文比賽，小書迷的我得到了初一組的冠軍，獎品是一本書。同學們也送給我一個新綽號「大文豪」。上面提到高小時作文「貼堂」以及初一作文比賽第一名的事，無非是證明「小時了了，大未必佳」，更彰顯自己的不才。

高三時我曾經醞釀要寫一篇長篇小說，是關於浪子回頭的故事，可惜只開了個頭，後來便因戰亂而中斷，這是我除了繳交作文作業外，首次自己創作。

第一次正式對外投稿是民國三十二年在桂林。我把我們一家從澳門輾轉逃到粵西都城的艱辛歷程寫成一文，投寄《旅行雜誌》前身的《旅行便覽》，獲得刊出，信心大增，從此奠定了我一輩子的筆耕生涯。

來台以後，一則是為了興趣，一則也是為稻粱謀，我開始了我的爬格子歲月。早期以寫小說為主。那時年輕，喜歡幻想，想像力也豐富，覺得把一些虛構的人物（其實其中也有自己和身邊的人的影子）編出一則則不同的故事是一件很有趣的事。在這股原動力的推動下，從民國四十年左右寫到八十六年，除了不曾寫過長篇外（唉！宿願未償），我出版了兩本中篇小說、十四本短篇小說、兩本兒童故事。另外，我也寫散文、雜文、傳記，還翻譯過幾本英文小說。到民國一〇一年，我總共出版過四十種單行本，其中散文只有十二本，這當然是因為散文字數少，不容易結集成書之故。至於為什麼從民國八十六年之後我就沒有再寫小說，那是自覺年齡大了，想像力漸漸缺乏，對世間一切也逐漸看淡，心如止水，失去了編故事的浪漫情懷，就洗手不幹了。至於散文，是以我筆寫我心，心有所感，形之於筆墨，抒情遣性，樂事一樁也，為什麼放棄？因而不揣譾陋，堅持至今。慚愧的是，自始至終未能寫出一篇令自己滿意的作品。

為了全集的出版，我曾經花了不少時間把這批從民國四十五年到一百年間所出版的單行本四十種約略瀏覽了一遍，超過半世紀的時光，社會的變化何其的大：先看書本的外貌，從粗陋的印刷、拙劣的封面設計、錯誤百出的排字；到近年精美的包裝、新穎的編排，簡直是天淵之別。由此也可以看得出臺灣出版業的長足進步。再看書的內容：來台早期的懷鄉、對陌生土地的神奇感、言語不通的尷尬等；中期的孩子成長問題、留學潮、出國探親；到近期的移民、空巢期、第三代出生、親友相繼凋零……在在可以看得到歷史的脈絡，也等於半部臺灣現代史了。

坐在書桌前，看看案頭成堆成疊或新或舊的自己的作品，為之百感交集，真的是「長溝流月去無聲」，怎麼倏忽之間，七十年的「文書來生」歲月就像一把把細沙從我的指間偷偷溜走了呢？

本全集能夠順利出版，我首先要感謝秀威資訊科技股份有限公司宋政坤先生的玉成。特別感謝前台大中文系教授吳宏一先生、《文訊》雜誌社長兼總編輯封德屏女士慨允作序。更期待著讀者們不吝批評指教。

民國一〇三年十二月

目次

【推薦序一】老樹春深更著花／封德屏 3
【推薦序二】老來可喜話畢璞／吳宏一 6
【自序】長溝流月去無聲
——七十年筆墨生涯回顧／畢璞 17
愛的苦樂 25
幸福在誰家 37
春日芳華知幾許 49
相親 62
屬於秋天的 72

做了半日娜拉 85
邂逅 95
清音 113
在山泉水清 124
不是奇蹟 137
母親的眼淚 152
後會有期 189

空谷傳清音，迂迴何處尋？清音似在幽林。
披荊入幽林，側耳久逡巡，清音又似在山陰。
攀援到山陰，慇懃探索頻，清音又似在水濱。
離山到水濱，細聽細沉吟，清音又似出鳴琴。

——詩經・秦風

以作為本書的題旨

愛的苦樂

愛情的歡樂只是一瞬間的事，
愛情的痛苦卻會使人忍受一輩子。
你的目光吻著我的，
我看見了愛情在那裡閃耀，
你為我帶來了天堂，
當你我目光相遇時。
如今他去了，
像是一個夢在黎明消逝。
但你的言語深鎖在我的心弦上，
吾愛愛我。

美國著名民謠歌唱家Joan Baez清亮而柔婉的歌聲從旋轉著的唱片的溝紋中流了出來，瀉滿在黃昏陰影籠罩著的室內。歌聲輕柔極了，有時柔得簡直像是一聲低低的嘆息。這首歌，她已聽過了無數遍。唱片是唯立買的。唯立一直就是個好孩子，在課餘之暇，除了聽聽古典音樂，就沒有其他嗜好。這張唱片是他所搜集的古典音樂唱片中幾張比較不太古典的。因為Joan Baez唱得實在好，所以唯立常常放，吟秋聽多了，也不知不覺地愛上這首旋律淒美的抒情歌。本來，她並不知道歌詞的內容是說什麼的。有一次，無意中看到封套上的歌詞，一看到開頭那兩句，她便像是觸了電似的呆住了。平靜多年的心湖也激動得波濤洶湧。啊！「愛情的歡樂只是一瞬間的事，愛情的痛苦卻會使人忍受一輩子。」這豈不是她的寫照？

現在，Joan Baez的歌聲又嬝嬝地從唱片的溝紋上流出，歌聲輕柔極了，輕柔得簡直像是低低的嘆息。她，靠在沙發椅上，高跟鞋踢在一旁，天色已暗，但是她懶得去開燈。她好累，不論在身心上，她都已有筋疲力盡之感。她不想再動一下，就這樣坐著變成化石也好。二十六年來跟她相依為命的兒已離她遠去，她不知道獨個兒在這裡活著還有什麼意義。

窗外的天空有飛機飛過的聲音，該不會是唯立所乘的班機吧？不，唯立的飛機已起飛一個鐘頭了，現在大概已快到琉球，再一個鐘頭，便會到達日本。然後，十幾個鐘頭之後，他就會置身在地球的另一面。然後，說不定甚麼時候，他也許會在街頭或者某一個場合中跟吳勤碰面，相逢而不相識。假使他們真的有機會碰到，吳勤會驚訝這個頎長英挺的中國青年為什麼跟他年輕時那麼酷似嗎？而吳勤本人又已變成了什麼樣呢？大腹便便的中年紳士？抑或是鬢髮已斑的枯瘦老頭兒？這兩種可能的變化都跟境遇有關。雖然他跟自己毫無關係了，但是，為什麼二十多年來老是忘不了他，老是想知道他的消息呢？這難道就是「愛情的痛苦會使人忍受一輩子」嗎？

可不是？剛才在飛機場，在那亂哄哄的人潮中，她就想到了當年在貴陽跑警報遇到他的那一次，而忘記了週遭的一切。事情已經過去了二十八年，她依然忘不了。這到底是為什麼，為什麼啊？

Joan Baez輕柔的嘆息般的歌聲停止了，她也輕輕地嘆息了一聲。然後，把頭靠在沙發的靠背上，閉起眼睛，索性開始好好地重溫一次失落了多年的好夢。暮色已從窗外向她圍攏過來，在黃昏的陰影中，她正好有著安全的感覺。

那一年，為了尋求更高的理想，她跟一個女同學離開父母，也離開了戰火即將接近的桂林，跟隨著大批的難民潮，想到重慶去。到達黔貴邊境的金城江時，由於兵荒馬亂，她跟她的同學失散了，行李也丟失了，她是幾乎像乞丐一樣，徒步走到貴陽的。剛到貴陽的那一天，就遭到空襲警報，她渾渾噩噩地跟著街上的人群跑到郊外；等到警報解除以後，又渾渾噩噩的跟著大夥兒從山洞裡跑出來。混在陌生的人潮裡，這時，她才真的是茫然了。警報解除了，別人都回家去。我到哪裡去好呢？我是孑然一身，無家可歸的呵！一路上，她吃過無數的苦頭，除了那天跟同學失散以外，她不曾流過淚；此刻，任她多麼堅強，徬徨無告的淚珠也忍不住奪眶而出。

她隨著人群走著走著，人群漸漸稀少了，因為別人都有歸宿。在一條大街上，她實在走不動了，她在這二十四小時裡面，只靠著一片大餅充饑。現在，她既渴而又疲乏。假使有一碗涼涼的稀飯和一張床有多好！人在逆境時的要求是很低的呀！

她靠在一根柱子上喘著氣，狼狽得真像喪家之犬。這時，她看到一個人向她走過來，而這個人竟有著一張她所認得的臉。她定定地望著他，張開嘴，但是叫不出名字來，因為她並不知道他的名字。

「你──你不就是──」那個人也看到她了，而且先開了口。

「是呀！我原來住在桂林的五美路。你是我們的鄰居呵！」她急急忙忙地回答。她是一個沉船的人，而他是漂過來的一塊木扳。

現在，她想起了。他在桂林時是一家報館的記者，住在她家的斜對面，常常會碰到。不過，他們沒有說話，只不過偶然會點點頭；他衣履鮮潔，儀表俊逸，她對他的印象一向都很好。而目前，在滿街衣衫襤褸的難民潮中，他依然西服筆挺。她低頭看了看自己那件又髒又皺的藍色陰丹士林旗袍，以及腳上的一雙破舊皮鞋，不禁滿面羞慚。

「你怎麼一個人在這裡？」他問。

自從和她的同學失散了以後，孟吟秋已經有很久沒有碰到一個熟人。如今，出現在她面前的雖然只是一個不曾交談過的鄰居；但是，在舉目無親的情況下，已無疑是他鄉遇故知。她一面簡略地把自己的遭遇告訴他，一面就忍不住流下淚來。

他首先就請她到路旁一家飯館裡解決了民生問題。他告訴她，他叫吳勤，現在正跟隨報館疏散到重慶去，假使她願意的話，他可以設法讓她搭便車一起去。真是天無絕人之路，世界上還有比這件事來得更快樂的嗎？她遇到救命恩人了。

吳勤報社的車子要在貴陽保養兩三天才繼續上路，於是，吳勤就把她暫時安頓在一個朋友的家裡，並且託朋友的太太照顧她。有空的時候，他就來帶她出去玩。他帶她去吃著名的正氣雞；他帶她坐馬車去遊花溪，在蹄聲得得中，她渾忘了自己的飄零無依。

在貴陽到重慶的路上，吳勤像個兄長般處處照顧著她。但是他的同事，都把他們當作是一雙情侶。的確，頎長俊秀的吳勤以及纖柔嬌小的她，在別人的眼中正是璧人一對。而她，在內心的深處，又何嘗不把這位救命恩人當作夢寐中的白馬王子呢！

到達重慶以後，她雖然沒有像理想那樣進了大學，不過卻幾乎馬上就找到工作。她在辦公廳附近租了一間小房間來棲身。於是這間木板隔成的小房間，便變成了她和吳勤之間愛情孳長的溫床。

吳勤幾乎每天都來找她。有時，她在小炭爐裡做一頓簡單的飯菜，兩人共食。有時，他們並肩坐在燭光下唱歌，或共同朗誦一首小詩。有時，兩個人手牽手去到嘉陵江散步，對著那又黃又濁的江水，呢喃地說著一些只有他們兩個人才聽得懂的傻話。

現在回想起來，那一段日子真是她一生中最美好的時光。不，更美好的還在後頭，吳勤向她求婚了，那時，距離她跟他在貴陽相遇還不到三個月。那是一個氤氳的春夜，小小的木板房中已透著暖暖的春意。他坐在房間裡唯一的椅子上，她傍在他的身邊。粗糙的木桌上攤開一本土紙印刷的英文歌本《一百零一首最好的歌》，就著跳動的燭光，他們曼聲合唱了一首又一首。當他們唱到那首西班牙名歌〈璜妮達〉時，最後一句是「妮達・璜妮達，做我美麗的新娘吧」，不知怎的，在微弱的光線中，她竟羞紅了臉。

吳勤的一隻手原來是摟著她的腰肢的，現在，順勢把她擁到懷裡，先是給她深情的一吻，然後就在她身邊喃喃地問：「吟秋，做我的新娘好不好？」

是的，在流浪的生涯中，她急切需要一個家。如今，她跟她的父母和家人已經失去了聯絡，像一隻迷失在風雨中的小鳥，她多麼渴望有一個安定的窩啊！然而，她也有她的猶豫。

「我——我恐怕配不上你。」她把頭埋在他的胸前。

她年紀雖輕，倒也頗有自知之明。吳勤是個大學畢業生，現在又是一家日報的名記者；而且，長得相貌堂堂，他可說得上是條件十分優越的。而她呢，除了容貌俏麗，性格溫柔以外，其他是沒有一點比得上他的。她只有高中畢業程度，雖然還想進大學，但是，以她目前僅夠餬口的抄寫員收入，那簡直是難於登天。

「別胡說，」他托起了她的下巴。「你是不是另外有男朋友？」

她沒有說話，只是嬌羞地搖著頭。

「那麼，答應我。」他把她摟緊了一點。

快樂脹滿了她的胸臆，她夢寐中的白馬王子終於向她求婚了。她不再猶豫，她不能放過這個機會。「你不嫌我？」她含羞地問。

「我為什麼要嫌你？你是我的小仙女，我最溫柔的小仙女呵！」

就這樣，她做了吳勤的小妻子。她的小房間也變成了他們的愛巢。她仍然出去工作，下班回來燒兩個人的飯，洗兩個人的衣服，雖然辛苦一點，但卻是甜蜜的，她甘心情願這樣做。吳勤不但是她的救命恩人，也是她的神。在她的心目中，吳勤是完美的。他人長得帥，學問又好；何況，他又那樣愛她？

吳勤工作很忙，白天要出去採訪，晚上要到報社寫稿，在家的時候並不多。不過，只要他有空，他就會陪她出去玩。重慶附近的名勝：南溫泉、北碚、歌樂山、沙坪壩……全部踏遍了他們的足跡。

誰說愛情的歡樂只是一瞬間的事？就算是一瞬間吧，它的甜蜜也足以使人回味一輩子呀！

然而，當它從歡樂變成了痛楚以後，苦澀的成分便會遮蓋了甜蜜。

婚後才三個月，吳勤獲得了一個出國進修的機會。他中英文根柢都很好，早就有意放洋深造，只是由於經濟條件限制，始終無法如願；如今，報社給了他這個機會，他怎不欣喜若狂？只是，對那新婚的小妻子怎樣安頓呢？當他又愁又喜的把這個消息告訴孟吟秋的時候，她心裡一驚，但是表面卻十分平靜的對他說：「你當然要接受。這是千載一時的機會，傻瓜才會放棄呀！至於我，年紀輕輕，又有工作，你擔心什麼？再說，你又不會不回來，兩年一晃就過去了，有什麼關係？」

「我捨不得你呀！」吳勤緊緊的抱著她。

當然，她更捨不得他。他是她的救命恩人，是她的神，她已習慣於以他為她生活的中心了，一旦離開了他，她將不知道怎樣活下去。不過，她怎能夠為了兒女私情而誤了他的前程呢？我既然要做他的好妻子，就得幫助他求上進，我絕不能夠做他的拖累。她咬緊牙根，強顏歡笑，不讓眼淚落下一滴。一向柔弱的她，竟然變得這樣堅強，這使得她自己也不敢相信。

就這樣，在她表面的堅強與勉勵下，吳勤去了美國。她仍然住在那間小小的木板房裡，早出晚歸。日子雖然過得很寂寞，但是她並不以為苦，因為她有了希望，她想：只要熬過七百二十個白晝和晚上，她所愛的人兒便會回到她的身邊，跟她長相廝守。她還年輕得很，等兩年算不了什麼。

到了美國以後，吳勤起初每隔三天就寫一封信回來，每一封裡都有著無盡的情意；後來，他說功課太忙，改為每週一封；後來又改到十天或者半個月。孟吟秋全不在意，她知道美國社會的緊張，也體諒丈夫的忙。當然，他不能夠花太多時間來寫信。

就在這個時候，她發現自己懷孕了。她又驚又喜的想立刻就寫信告訴吳勤；不過，理智又警告她不可太過衝動。吳勤目前需要專心致志來應付繁重的功課，她不能夠以「小事」來擾亂他平靜的心情，以免他有後顧之憂。

令她不安的是：吳勤的來信愈來愈稀少，個把月才飄來一張薄薄的航空郵簡，內容也愈來愈簡單。起初，她還極力安慰自己：不會有什麼的，他只是忙而已。她照樣每週寫一封信去，向他報告自己生活上一切的細則——她辦公廳的情形、她做了一些甚麼事、她看了甚麼書或者什麼電影……只除了懷孕一節而外，她全部向他詳細報告。但是，他的回信為什麼那樣冷淡呢？啊！這一次已經兩個月沒有回音了。他不會……吧？

當她的身孕已到六七個月的時候，要來的終於來到，一紙「噩耗」，證實了她的疑慮。他寄了一封掛號信給她，說他在不得已的情況下，已與他的美籍同學史奈德小姐結婚，請她原諒他的薄倖。他又說，他曾經愛過她，只是，如今他在美，很需要史奈德的支援（包括經濟上和精神上的），只好對不起她了。她還年輕得很，還可以另覓可靠的終身伴侶的。

接到了這封信，她的第一個反應是幾乎昏倒，然而，她立刻又警告自己千萬不能倒下去。

為了腹中的胎兒，為了她的前途，她都不能倒下去。這就是了，她本來是配他不起的，勉強結合的結果（他娶她也許只是基於憐憫、同情、甚至施捨），使得他一有機會遇到別的女性，就見異思遷。

在這沉重的打擊下，她病倒了，還好她年紀輕，不久就恢復過來。她傷心，她失望；不過，她並沒有後悔，她覺得這短暫的婚姻雖然失敗了，但是她懷了他的孩子，她可以把對他的愛轉移到孩子身上。這時，抗戰已經勝利，她跟家裡取得了聯絡，就辭職回家。她告訴父母說她的丈夫不幸在戰地採訪時被流彈打死，她要把這件傷心事徹徹底底的埋葬起來。

在家鄉，她又找到一份工作，她默默地埋頭苦幹，等待孩子的來臨，她的憂鬱並沒有引起任何人的猜疑，一個懷著遺腹子的小寡婦，原來就是世間上最可憐的人呀！

唯立是在第二年的初春出生的。在外祖父母和母親的疼愛呵護下，他的嬰兒期過得極其幸福。到了唯立三歲的時候，由於共匪倡亂，孟吟秋和她的父母便帶著他渡海來到臺灣。她雖然很快便又找到工作，但是，她的父母卻因年紀大而無法找到新的職業，一家老小四人的生活擔子都落在她的身上，以致日子過得相當困窘。不過，這算得了什麼呢？生逢亂世，能夠一家團聚正是莫大的幸福了。尤其是在經過一次心靈上的重創以後，她已不能再失去她的任何一個親人啊！到了唯立懂事的年齡，吟秋就像告訴她雙親那樣對他說他爸爸是一名因公殉職的戰地記者，這使得唯立小小的心靈中，對他未見面的父親有一個英雄式的塑像。

唯立漸漸長大了，他長得和吳勤一模一樣：大眼睛，高鼻子，俊美異常，也聰穎異常，任何人看到了他，都忍不住稱讚兩句。孟吟秋在得意之餘，心裡卻是悽悽惻惻的：孩子可愛又怎麼樣？他可是沒有爹的孤兒呀！

在這許多年裡，孟吟秋也遇到幾個不嫌她有孩子而向她表示好感的男人。然而，她已是心如止水了。曾經滄海難為水，她曾經擁有過像吳勤那樣完美的男人，還有誰再能使她心動呢？唯立一天天的長大，不但在外型上愈來愈像吳勤，就是連性格也相像。孟吟秋把全副的愛心都灌注在兒子身上。每當她想起吳勤的薄倖而感到難過時，她就這樣安慰自己：吳勤並沒有真正離她而去，因為他已賜給她一個完美的孩子。

而現在，這個完美的孩子也離她而去了。這個在她的愛心卵翼下長大，有如生長在溫室中的花朵一樣的孩子，經起外面的風霜嗎？然而，在時代的一股逆流的沖激下，一個學有所長的青年不到國外去深造，似乎又有點埋沒與委屈，她是咬著牙、含著淚把孩子送走的。

唯立倒是十分的孝順，他在大學快要畢業時就曾不止一次地向母親表示：「媽，我不要學一般人那樣一窩蜂的出國，我要永遠在家裡陪伴媽。」

「傻孩子，天下那有兒子永遠陪著媽媽的？你的學業成績這樣好，不出去太可惜。媽媽還沒有老，還可以工作，你不用替媽媽擔心。」她又像當年鼓勵吳勤那樣，鼓勵兒子出國。

「要是外公和外婆還在世就好了。」唯立說。他沒有忘記他幸福的童年。

「誰說不是？不過，人老了終歸要死的。還好媽還沒有老，你放心去吧！媽在這裡等你回來。」孟吟秋哭了，她捨不得兒子遠去，也想起了那個一去不回來的丈夫。

暮色已濃黑如墨，蚊陣如雷，在黑暗中大肆活動，孟吟秋悠悠地長嘆一聲，用手揮開在耳畔的蚊蟲，站起身來，扭開了電燈。燈光下的客廳顯得特別整潔，也特別空虛。往日，這該是他們母子兩人相對共進晚餐的辰光，今後，她將是單獨一人進食了。

人生就是這樣，交織著悲歡離合，正如月亮之有陰晴圓缺。看開一點，堅強一點，唯立會回來的。

（中華文藝）

幸福在誰家

秦怡韻打開衣櫥的門，挑選了半天，終於，拿出一件淺紫色帶小白花的薄綢旗袍穿上。她那唯一的女兒薇芬，本來是坐在一旁看小說的；此刻，卻抬起頭來，用手掠了掠散落在臉上的長髮，不滿意地嘟著嘴說：「媽，現在已經沒有人穿旗袍了，你都快變成老古董啦！」

「不穿旗袍你叫我穿什麼呢？五十多歲的人了，老古董就老古董吧！」秦怡韻坐到鏡邊，開始梳理她的頭髮。她已有半年沒有燙髮，經過多次的修剪，髮梢的波紋已經不見，剩下的已變成清湯掛麵——花白的清湯掛麵。她的臉色蒼白，嘴唇微紫，那是多年胃病的結果。

「媽，多擦點粉，口紅也要多塗一點。現在流行深色，你那種橘紅色的跟你的旗袍不調和，難看死了。叫你去燙頭髮你不聽，你看，現在怎樣出去見人嘛？」薇芬繼續在嘀咕。聽口氣，她反而好像變成秦怡韻的媽媽了。

「去跟老同學聚會罷了，又不是去參加什麼宴會，有什麼關係？」秦怡韻只是淡淡地抹了一點點的口紅，又在鼻頭、兩頰和額上輕輕撲了點粉，就站了起來。

「劉阿姨從美國回來，一定打扮得很時髦，宋阿姨也是愛打扮的，我不想你在她們面前丟臉嘛！」雖然是個大學生了，說起話來還挺孩子氣的。

「媽知道，媽下次打扮得漂亮點就是，現在沒有時間了。菜都做好了放在冰箱裡，回頭你爸回來，你拿出來熱一熱就是。」秦怡韻拍拍女兒的頭，她也把她當作小孩子。

宋錦文的家她已經有兩年多沒有去。現在，似乎又比從前更氣派一點。客廳那張猩紅色的地氈首先就顯出了富貴逼人的氣象；一部豪華型的彩色電視機在播放著歌唱節目，一個穿著銀紅色緊身晚禮服，蛇一般的歌女正在嗲聲嗲氣、扭腰擺臀。

秦怡韻走進屋去，發現劉琴已經在座。宋錦文看見了她，顯得有點無精打采的，用與平常不一樣的懶洋洋的聲調說：「劉琴已來了老半天，你這個做主人的卻姍姍來遲。」

秦怡韻先向她道了歉，然後趕忙走過去，握住劉琴的手：「真對不起！我來遲了。劉琴，你一點也沒有變，還是老樣子。」

「你沒有遲到，是我來得太早，董元玫也還沒有來呀！怡韻，你也沒有變，就是瘦了一點，這一向身體好吧？」

「坐呀！唉！你們都瘦，唯我獨肥。怡韻，你要喝什麼？」

茶和可樂都會使怡韻睡不著，她要了白開水。她發現，宋錦文真的又比兩年多以前胖了。她那身肥肉少說也有六十公斤，緊緊裹在一套花色鮮艷的褲裝內，加上她那張塗抹得太濃的大臉，看來就像個馬戲班的小丑。倒是劉琴，這個去國二十年的人，反而看來有點「土」氣。她穿了一件寶藍色無領無袖的齊膝洋裝；長長的直髮用一個夾子夾在頸後；除了口紅，臉上什麼化妝也沒有；脖子上掛著一副白色的塑膠珠項鍊，是全身唯一的裝飾。

「劉琴，你也瘦了。在美國，生活一定很忙碌吧？」秦怡韻細細打量她的老同學。她看到她黑髮裡的銀絲，看到她眼角的魚尾紋，看到她手背上的青筋。劉琴比上次回來時老多了。

「可不是？瘦了，老了。住在美國，那像住在國內舒服？我覺得我簡直是一部機器。每天早上連早餐都來不及吃就趕去上班，下了班回家又得忙家事；到了週末還得上超級市場囉，洗衣囉，縫縫補補囉。總之，日子就是這樣周而復始，只有一年一度的休假，才可以喘一口氣。」劉琴伸出一雙又黑又瘦而多筋的手，展覽給他們看。

「你還在圖書館做事？」秦怡韻問。

「是呀！不做事嘛又好像在家裡太無聊，人就是這麼矛盾。怡韻，你在家裡都做些什麼呢？」

秦怡韻正要回答，只聽門鈴響處，三個主人之一的董元玫便走了進來。她長得高頭大馬，聲音也特別響。只見她旋風式的衝到劉琴面前，一面向宋錦文和秦怡韻道歉說自己遲到，一面伸出雙手和劉琴緊握，然後嘴裡直嚷：「劉琴愈來愈漂亮了。」

劉琴拉她坐下，苦笑著說：「虧你還說我漂亮，我這次回來，真覺得自己變成了鄉下老太婆。元玫，你看你自己，你這件翻領有腰帶的及膝洋裝是今年最流行的。錦文那套褲裝當然更時髦。怡韻的旗袍也很夠中國味。就是我穿得最隨便；不過，在美國我參加宴會也一定穿旗袍。」

「劉琴，你那口子呢？怎麼不一道回來呀？孩子們都好吧？」元玫坐下來，從她那咖啡色的真皮皮包裡掏出手帕來，不斷地揩拭著額上沁出的汗珠，一面又喃喃自語：「我這胖子就是怕熱，趕一點路就滿身大汗。我剛剛從機場回來，一個侄子拿到了普林斯頓的Asistantship，走了。」

「走吧，一個個都走光吧。每年的夏天，就是忙著跑機場，煩死了。」宋錦文走過來坐下，撇撇嘴地說。今夜的她，沉默得有點不尋常，秦怡韻一直想問她，卻苦於沒有機會。

這時，劉琴從皮包裡拿出兩張照片來，給其餘三個人傳閱，一面說：「Karl哪裡有空回來啊！他上個學期當了系主任，忙都忙死了。而且他們學校是學季制的，他放假的時間也跟我不同。你們看，這兩張照片是我們去年耶誕節回他德國老家時拍的，那兩位老人就是他的父母。」

「喲！安妮可是愈長愈漂亮！小亨利也快有他爸爸高了。我最開心的是他們比較像中國人。喂！劉琴，他們會講中國話吧？」董元玫問。

「當然會，我從小就教他們說，而且Karl也一道學。所以在我們家裡是中英兩種語文都通用的。」

「劉琴，你真了不起！你雖然嫁了洋人，不但不會數典忘祖，而且還在傳播中華文化，我們應以你為榮。」秦怡韻向劉琴豎起了大拇指。

「得了，這有什麼了不起？我也不過是盡自己的本分而已。聽說你提早退休了，你在家裡都做些什麼呢？」

「也沒做什麼。練練字，畫畫水彩，種種花，看看書。平日很少出來，我都快和社會脫節了。」

「嘩！好雅！在你這個年紀就過著悠遊林下的生活，好不羨煞人也。」劉琴叫了起來。

「你忘了嗎？怡韻從前在學校裡就是出了名的雅士，大家都叫她杭州才女嘛！」董元玫說。

「怡韻，你這一陣子身體怎樣？我看你好像瘦了。兒子常有信寄回來吧？」宋錦文望著怡韻那件看起來顯得有點寬大的旗袍說。

「就是說嘛！我原以為退休下來可以把身體養好的，結果，我的胃病和失眠，還是依然故我，精神也比以前差多了。大概是真的老了。康元很好，雖是經常有信回來，但是我寧願他在身邊。」秦怡韻幽幽地說。

「不許說老，咱們的人生還沒有開始哩！老什麼？劉琴，你說對不對？」董元玫大聲的說，接著就站了起來。「錦文，我肚子都快餓扁了，怎麼還不開始嘛？」

「我進去看看。」宋錦文擺動著她那肥大的臀部，拖著腳步，走進廚房去。

董元玫隨即壓低聲音向秦怡韻和劉琴說：「我看她有心事，你們說是不是？」

「嗯！我早就看出來了。你說要不要問問她？」秦怡韻說。

「等吃完飯再說吧！」劉琴說。

說著，宋錦文出來請她們落座。大家走進飯廳。沒有人讓位，四個人就各據一方的坐下來。只見那張不算小的圓桌面上擺滿了精緻的菜餚：醋溜魚、炸響鈴、炸蝦丸、炒肚絲、涼拌腰片……

「嘩！這麼多的好菜！誰做的？」劉琴首先叫了起來。

「我家老傭人王媽，她是杭州人，已經跟我十幾二十年了。」宋錦文說。

「哦？還是我的小同鄉哩！」秦怡韻說。

「來，我們歡迎劉琴。」宋錦文在每個人面前的高腳小酒杯中倒滿了琥珀色的Cognac。大家舉起杯子；秦怡韻不喝酒，就舉起了一杯可樂。

「錦文，你家老爺和少爺呢？怎麼不一塊兒來吃飯？」劉琴謝了大家，忽然想起了這個問題。

「這是我們女生的聚會，我不喜歡有男生參加，所以趕他們去看電影了。來，來，大家趁熱吃，要是不吃到盤底朝天，王媽她會不高興的。」宋錦文一個勁地勸大家吃菜，把其餘那兩個主人也當作客人看待。

四個老同學吃著，聊著。她們從菜餚的味道談到烹飪；從烹飪談到物價；從物價談到往事。一直到她們回到客廳吃水果喝咖啡的時候，還在大談劉琴在大學裡被一個矮個子助教追求，一天起碼接到一封情書的趣事。

「劉琴，你那位老德知道你和唐敏那段纏綿往事嗎？他會不會吃醋？」董元玫忽然冒出一句。

「我都告訴他了，那有什麼關係？我到美國去找我的未婚夫，他開車來接我，不幸卻因車禍喪生，這是盡人皆知的，我何必瞞他？我為唐敏守了三年才跟他談戀愛，他反而十分看重我，他怎麼會吃醋？」

「你們兩位都是情義兼重的人，太難得了。起初，我們還一直為你們的異國姻緣擔心哩！」董元玫叉了一塊西瓜放進嘴裡，又說。

「Karl對我很好，那真是沒有話說。只是——」說到這裡，一直談笑風生的劉琴，忽然眼圈一紅，把眾人嚇了一大跳。

「劉琴，你怎麼啦？」三人齊聲地問。

「半年前，醫生發現他患了血癌，但是他自己怎麼也不肯相信。我這次回來，就是聽說屏東有一位中醫專治各種癌症，我想替他買藥回去。這件事，我本來不想讓你們知道的，想不到一時說溜了嘴。」劉琴眨眨眼睛，把眼淚逼回去，很快就恢復了笑容。

「啊！劉琴，你怎可以瞞著我們？這還算老朋友嗎？」董元玫把身體挪近劉琴，伸手摟住她的肩膀。「不要心焦，奇蹟有時也會出現，只要有信心，說不定會醫得好的。你不是說他自己就是不肯相信嗎？可見他的意志是很堅強的，你說是不是？」

「是啊！劉琴，你不要難過。Karl身體強壯，一定會戰勝病魔的。」瘦弱的秦怡韻，一聽別人談到可怕的病症，早就嚇得臉色發白，但是卻振作著也說兩句安慰的話。

說話最少的宋錦文，此刻長長嘆了一口氣說：「我們四個人之中，除了怡韻一直體弱多病以外，我還以為你和元玫兩個人最幸福了。這樣說來，也真夠你受的。」

「錦文，你當然比我幸福了。你有個有錢而又體貼的丈夫和一個好兒子。結婚後就在家裡享太太福，不像我必須自己在外面闖天下。你還有什麼好怨尤的？」董元玫的臉色忽然變得凝重起來，兩道略帶點男性英氣，眉梢上揚的眉毛也交纏在一起。

「哼！好兒子？我都快給這個寶貝兒子氣死了。」宋錦文拿起茶几上一罐三五牌香煙，遞了一枝給劉琴，因為知道其餘兩個人不抽，就逕自點了一枝，皺著眉深深吸了一口。

除了劉琴，秦怡韻和董元玫都知道宋錦文的兒子啟沛考了三年大學都落第，服完兵役以後，考夜間部還是榜上無名，現在在他老子的公司做一名領乾薪的職員，終日遊手好閒。不過，宋錦文倒也從來不曾說過他的壞話，有時還誇他孝順，因為他會討她的歡心。而現在……怪不得今夜老是心事重重的樣子。

「啟沛他怎麼啦？」董元玫搶著問。

「他真是氣死我了。整天閒著無事，叫他去補習英文他不肯；人家給他介紹好女孩他不要。我起初以為他因為自卑而不想交女朋友，卻原來他一天到晚和一些壞朋友上舞廳，而且還和一個小舞女泡在一起。剛才我對他們說我叫他們爺兒倆去看電影，只有一半是真的。事實上，啟沛除了深夜回來睡覺以外，根本難得看到人影。今天下午他回來向我借錢，我狠狠的罵了他一頓，所以，我到現在，心裡還煩躁得很。」宋錦文說著，又長長嘆了一口氣，深深吸了一口煙，兩道人工眉毛也就皺得更緊。

「真想不到，啟沛看起來是那麼懂事，那麼彬彬有禮，怎麼一下子也變得這樣糊塗呢？」董元玫也嘆息著。

「這樣說來，真是家家有本難唸的經。元玫，在我們四個人之中，你該是最幸福的一個囉！你身體健康，事業成功，子女都已學業有成，先生又體貼。你應該心滿意足了吧？」秦怡韻望著董元玫依然豐滿的雙頰、壯碩挺拔的體型，一邊撫摸著自己瘦削露骨的手，不勝羨慕地說。

「對啊！你不是說家家有本難唸的經嗎？看來，你雖然身體不大好，也不算大病，你才是最幸福的人。我的那本經，並不見得比她們好唸哩！」董元玫搖搖頭，做了一個自嘲的微笑，那微笑裡卻隱隱帶著淒苦的意味。

「你怎麼會？元玫，你不要開玩笑！」秦怡韻駭然地問。

「真的，其實我一點也不幸福，只是你們不知道而已。」董元玫拿出手帕在臉上擦著、拭著，也不知道她在擦汗還是在拭去淚水。

宋錦文長長地嘆一口氣，搖搖頭。

「元玫，那你就把你的痛苦說出來吧！說了出來，你心中會舒服一點的。」劉琴用手壓在董元玫的手背上，像是要把她的關懷傳給她。

「我家的老傢伙，居然在外頭有了女人，你們想不到吧？」董元玫撇著嘴，眼光望著窗外。此刻的她，臉上寫滿了痛苦與怨恨之情，與剛進來時那張堅強、自信而又得意的臉，幾乎作了一次一百八十度的轉變。

「真想不到，這是甚麼時候的事情呢？」秦怡韻問。

「哼！據說他和那個女人——一個離過婚的女人已經同居了十年以上，他的朋友全知道，只有我和我的孩子還蒙在鼓裡。最近拆穿了，他反而怪我太專心於自己的事業，冷落了他，好像他還挺理直氣壯似的，你們說男人可惡不可惡？」

「那麼，你們怎樣解決這個問題呢？」劉琴說。

「還不是用最古老的子？用錢把那個女人打發掉嘛！不過，經過了這件事，我對他也沒有什麼感情了。為了面子，我們只是過著貌合神離，同床異夢的生活罷了。古人說『覆水難收』，我也有著這種心情。」董元玫神情落寞地說。

「事情已經過去，也就算了。還好你自己事業有成，你的兒女也都出人頭地。聽說大成已經拿到PHD了，是嗎？」秦怡韻問。

「可不是？大成這孩子唸書就從來不曾讓我操心過。因為他成績好，現在哈大要他在那裡教書了。小玫也不錯，前幾天她寫信來，說她這次期考每科都得A，把同室的美國女孩都嚇呆。」

一談到她的孩子，董元玫又變得眉飛色舞起來。

「唉！要是我那寶貝兒子有你兒子一半的好，我真是寧願把老頭出讓，只怕沒人要就是。」

一直少開口的宋錦文，忽然冷冷地冒出這幾句話，惹得大家都笑了起來。

「要是有人要，恐怕你又捨不得了。」劉琴說著，站了起來說：「好啦，我們都唸過了自己的經，我也該告辭了。明天一大清早，我還得趕火車到南部去。」

趁著劉琴進洗手間的時候，董元玫和秦怡韻便要和宋錦文分攤請客的費用，但是宋錦文堅持不肯收，說這區區之數，不便再分攤，她要獨自負擔。無可奈何，董元玫和秦怡韻只好領了這份人情，留待下次回請。

和其餘三人訂了後會，秦怡韻回到家裡去。她的女兒薇芬迎著她，問她和老同學們可玩得痛快，又忙不迭地問其他幾位阿姨是否打扮得很漂亮。

她嗯嗯啊啊地漫應著，心裡卻有著太多的感觸。她一向生活在單純的環境中，自從退休以後，更是很少跟外界來往。今晚，她卻親眼看到，親耳聽到許多許多世間的不幸與煩惱。四個年齡相仿而打扮各異（如今她才相信旗袍真的落伍了）的女人，各有不同的遭遇，這使她想起托爾斯泰的那句名言：「幸福的家庭都是一樣，不幸的家庭卻各有不同。」一個兒子不肖；一個丈夫患了絕症；一個丈夫有了外遇，真是夠可憐的。自己的一點點病痛，又算得了什麼？想到這裡，她忽然沒頭沒腦地問女兒：「小薇，我覺得我們這一家好幸福，你說是嗎？」

女兒對她笑笑，說：「媽，妳怎麼啦？我們這一家本來就是最幸福的嘛！」

（婦友天地）

春日芳華知幾許

這天晚上，因為沒有好看的電視節目——她和媽媽愛看的影集，外婆愛看的連續劇都沒有——念渝照例放一張心愛的唱片——巴哈的一些管絃小品（要是白天，她就會放那些驚天動地的華格納或理查史特勞斯的音樂），手中捧著一本書，坐在客廳的沙發中享受寧靜的夜晚。她的母親靖紫坐在她旁邊，也捧著一本書。對面，坐著她的外婆，老花眼鏡掛在鼻頭上，正在低頭繡花。她一針一針慢慢地繡著，在輕柔的音樂聲中，繡花針紮進在繡花架裡綳得緊緊的緞子上那蓬的一聲仍然清晰可聞。

「媽，已經不早了，您還是歇下來吧！我去舀一碗蓮子湯給您吃好嗎？」靖紫放下手中的書。念渝從旁瞄了一下封面，原來是《人間詞話》。心想：媽媽何時「返璞歸真」起來的？她居然迷上舊詩詞了。

「嘩！原來有蓮子湯，太好了，我也要吃。」她搶先叫了起來。

「瞧你這個饞嘴丫頭，我本來想冰凍了明天才給你吃的。外婆她老人家不愛吃涼的東西，我才趁熱給她吃嘛！」

「晚上我不要吃甜的東西，你讓她吃吧！」外婆的眼光越過老花眼鏡瞄了靖紫母女兩人一下，又低下頭去繼續繡花。

「外婆，你怎麼老是繡不完？是不是要開刺繡展覽會呀？」念渝站起來，走到外婆身邊，湊過臉去問。

「要是你再不嫁人，我的確可以開展覽會了。你知道嗎？這是我為你繡的第十對枕套了。」外婆幽幽地嘆了一口氣。她記得很清楚，打從念渝二十歲開始，就開始給她繡枕套，準備做嫁妝，誰知繡到第十對了，念渝依然紅鸞星未動，男朋友連一個也沒有。

「我就是結婚也不要這樣的枕套，不是花好月圓，就是鴛鴦戲水，紅紅綠綠的，土死了！」

「小渝，你說話怎麼這樣沒大沒小的？外婆跟你的時代相差了四十年，審美的觀念當然不同。這也是一種民俗藝術嘛！何況，外婆的刺繡在當年還是很出色的哩！」靖紫從廚房捧了一碗蓮子湯出來放在桌子，聽見女兒對外婆說出那些不遜的話，忍不住的就說她兩句。

「外婆不會生氣的。我知道。外婆曉得我雖然不欣賞她的刺繡，可是我很愛她。是不是？」念渝彎下腰去，在外婆的臉頰上啄了一下，便走到飯桌邊喝她的蓮子湯。

「唉！你這個瘋丫頭，看你什麼時候才長大吧？三十歲的人了，還像個小孩子似的。」做媽媽的不禁長長嘆了一口氣。

「甚麼？媽媽你不要亂講，人家才二十九，還沒有過生日，不算三十歲。」念渝一聽就大呼小叫起來。

「看你過日子過得糊里糊塗的，明天就是你的生日了呀！」靖紫說。

「靖紫，你不是說明天才告訴她嗎？怎麼現在就說出來呢？」外婆停下工作，抬起頭來，望著她的女兒和孫女，不解地問。

「我是不小心說溜了嘴的。」靖紫在心中偷偷嘆了一口氣。「其實說穿了也無所謂，她又不是小孩子，也不在乎。念渝，外婆和我原來是要給你驚喜一下的。」

「媽，你說明天真的是我的生日？氣死了，它為什麼來得這樣早？」念渝嘟著嘴，裝著生氣的樣子。

「傻孩子，生日是大喜事，你生什麼氣？」外婆用憐愛的眼光望了孫女，忽然一陣心酸。她想：自己早年守寡，女兒也早年守寡。如今，孫女三十歲還嫁不出去！這三代人多苦命啊！

「媽，她才不是真的生氣哩！這孩子就是瘋瘋癲癲的，一點也不像個大人。」靖紫說。

外婆眨了幾下眼睛，摘下老花眼鏡，把手中的刺繡用具通通收進一個還是從家鄉帶出來的籐編針線籃裡，站了起來說：「我睏了，先去睡了。」

靖紫連忙走過去攙扶，並且要替她拿針線籃，外婆卻輕輕把她推開：「我還沒有老到那個程度，你別把我當作七老八十。」說著，她挪動著矮小的身軀，邁著細碎的步子走進自己的房間裡。

靖紫回過頭去跟女兒扮了一個鬼臉，母女兩人忍不住哈哈大笑起來。

外婆自己睡一間房間。她用的還是老式方形蚊帳，硬板床上鋪著木棉的墊被，新式的彈簧墊她睡不習慣。現在，她滅了燈，關了門，很舒適地躺在床上，客廳中的音樂聲和那對母女的喁喁細語仍隱約可聞。她並不怕吵，窗外鄰居的電視機每夜開得震天價響，她都可以照睡不誤。但是，今夜，她卻毫無睡意。

唉！這廿五年是怎樣過的啊？不，應該說是五十年了。自從女婿死去以後，她全心全意的疼惜女兒，似乎已忘記自己當年守寡的痛苦。她忘記了自己被公婆的嫌棄與妯娌小姑的歧視，因為他們說她是白虎星、尅夫命。她忘記了自己如何忍氣吞聲、茹苦含辛在大家庭勾心鬥角的複雜環境中把唯一的女兒帶大，母女兩人經常互相擁抱著在房間裡偷偷飲泣。幸虧女兒爭氣，高中畢業後順利考上大學，拿到獎學金，才能不花他們王家一毛錢而唸完大學。

靖紫大學一畢業就跟唯仁結婚，她也跟了過去，從此脫離了那大家庭的陰影。唯仁是個好青年，但是，太文弱了，文弱得毫無男子氣概。當時，她也勸過女兒。唯仁的臉色太蒼白，身子太單薄，你可要多考慮。可是，在熱戀中的女兒那聽得進。媽，你太過慮了，我就是喜歡他那副俊美纖弱的外表。你知道嗎？他就像……。靖紫說唯仁像什麼來著？唉！那些稀奇古怪的洋人名字，誰記得了？男人長得美有什麼用？結果，真的夭壽。才不過二十九的人，得了肺癌，不到半年，就撇下靖紫母女去了。也真虧了靖紫，又像她母親當年那樣，獨力把女兒帶大。

外婆讓眼淚流濕了枕頭，然後因為疲倦而慢慢入睡。

在客廳，巴哈那張唱片已經放完。靖紫說，外婆已經睡了，不要再放了，於是，母女二人又各自捧著書，神遊到另一個世界。偶然，靖紫抬頭望了望女兒的側影，她吃驚地發覺念渝竟是那樣酷肖死去的丈夫，尤其是那個挺直的希臘鼻，簡直就是唯仁的翻版。不過，憑良心說，念渝遠不及她爸爸漂亮。也許，一張原來是屬於男性的面孔，一旦放到女性的身上，便不夠細緻吧？其實，唯仁已是男人中最具有陰柔之美的一個了。當年，他們外文系的同學個個都叫他Sissy（娘娘腔），也有叫他Narcissus（納塞西斯——希臘神話中的水仙）的。而她卻覺得他像是蕭邦和雪萊的化身，因為他倆都是古典音樂和英詩的愛好者。唯仁比她高兩年，他畢業後找到了一份英文教員的工作，教了兩年書，略略存了一點錢，等到她一畢業，便迫不及待的結了婚。

第二年，女兒便出生。那時，抗戰剛勝利，他們也像一般人那樣急著還鄉，為了紀念他們兩人求學、定情、結婚、生女的所在地山城重慶，就給她取名念渝。一個女性化的男人給他的女兒取了一個男性化的名字，他當然想不到，這女孩子長大了居然也頗為男性化。

「媽，你三十歲的時候我幾歲了？」也許是察覺到母親在注視著自己吧，念渝忽然開了口。

「八歲了，你不會算嗎？」

「那麼，外婆三十歲的時候你幾歲呢？」

「我想想看：外婆十九歲就生我，她三十歲，我就是十一歲了。」

「嘩！我三十歲了，還是孤家寡人一個，怪不得那些當助教的小老弟小妹妹們都喊我大姐啦！」念渝伸了伸舌頭，然後湊近她的母親，嘻皮笑臉地問：「媽，我是不是看來很老了？」

「你呀！你這個瘋丫頭怎麼會老？就憑你這種性格，保險你到一百歲都不會老。」靖紫笑著用指頭戳了戳女兒的前額。

念渝有著細長細長的身子，就像她死去的爸爸一模一樣。皮膚很白。五官長得不錯，就是臉上的線條好像硬了一點，不夠柔和，加上一頭短短的直髮，以及經常穿著套頭運動衫和牛仔褲，會使人覺得她像個男孩子。

「那我不成了老天真了嗎？」念渝又伸了伸舌頭。「媽，真的，每次我走在校園裡，很多人都以為我是學生哩！有一次最絕了，一個新來的教授走進系辦公室，剛好只有我一個人在，而我又沒有坐在辦公桌後面。他只瞄了我一眼，就大模大樣地問：『人呢？怎麼一個人也沒有？』我說：『我不是人嗎？』『我是說老師呀！你這個學生跑到這裡來做什麼？』他很不高興。於是，我走了出去，讓他一個人在那裡坐冷板凳，後來，系主任和其他的同事來了，我也跟進去。系主任一一替大家介紹，那位先生聽說我居然是一個講師，臉上一陣紅一陣青的，害得我幾乎笑出聲音來。」

念渝說完了，母女兩人一齊捧腹大笑，幾乎笑出了眼淚。

「所以呀！你還怕自己老，你看起來頂多不過廿三四歲罷了！」靖紫輕輕拍著女兒的手背。

「假使我不顯老的話，那是因為我的媽媽太年輕了。媽，我的同學同事沒有人不說你年輕的。我記得：自從我上了大學以後，就不斷有人說我們兩個像姐妹。他們到底是說你像三十幾歲，還是說我像四五十歲嘛？」

「虧你還是一個唸過那麼多書的人，又何必為那些交際場合中虛偽的恭維話傷腦筋呢？」

「可是，媽，你不知道你自己有多美，你白白錯過了青春的歲月是很可惜的。我記得：我從十八歲起就開始勸你了，但是每一回都挨你罵。」念渝說著，索性坐過去把身體靠在母親身上。

「唉！我對你真是一點辦法也沒有，你以為你撒嬌我就不會罵你嗎？我告訴你，你不必再說這些話了。二十年前我不作那種打算，到了二十年後的今日就更不會那樣做。我說過千百次，我有外婆和你就很滿足，其他我都不想。」靖紫摟著女兒的肩膀，女兒握著她的手。一時間，母女兩人都陷入了沉思之中。

美？我真的美嗎？假使這句話有一點點真實性的話，那也是三十年前的事了。母親是美麗的，從她那些已經泛黃的照片中，在我兒時的回憶裡，母親是那麼精緻小巧，比起她來，我是粗線條得多了。固然，當年在唯仁的眼中（還有以後那些向我示愛的男同事眼中），也的確看見過讚美的表情。不過那又有什麼用呢？從彼此認識以至他的離開人世，我與唯仁之間的幸福只有短暫的八年，就像是曇花一現。雖然那些美好的回憶已足夠我咀嚼一輩子，但是，我付出的代價是不是多了一點呢？當時，我也許該聽從母親的話的，一個有著水仙般美貌的體弱青年，原來就是不食人間煙火的呀！

把頭靠在媽媽瘦削的肩膀上，念渝覺得自己又回到做小女孩的日子。爸爸去世那年她五歲，她好像懂得很多，又好像什麼都不懂。她記得爸爸在醫院那間白色的病房裡躺了很久，媽媽有時也帶她去看爸爸。爸爸的樣子變得很難看，說話的聲音細得聽不見。她很害怕，每次都哭著回去。有一天，她從幼稚園放學回家，看見外婆和媽媽兩個人擁抱著哭作一團，小小的她就已意識到於有什麼不幸。後來，外婆告訴她，爸爸到天上去了；媽媽卻說爸爸到了一個很遙遠很美麗的國度。但是，她都不相信。她生氣地大叫著：「我知道爸爸死了，你們不要騙我。」叫完了，她就放聲痛哭起來。

失去了爸爸，她更愛外婆和媽媽了，她覺得她們三個人已合而為一，不可分開。當她漸漸長大，學到了「相依為命」這句話時，她知道她們三個人就是相依為命。

「媽媽，你為外婆和我的犧牲太大了。」念渝撫摸著媽媽微露青筋的手背說：「你頂替爸爸的工作，教了那麼多年的英文，該也累了吧？你馬上辦退休好不好？我一個人可以養你和外婆的。」

「你又來了，我還沒有老，這麼早退休幹嘛？教書是我的樂趣，我為什麼要放棄？你知道嗎？外婆和你是我的第二生命，而教書卻是我的第三生命啊！」

「媽，我真奇怪，你做了二十幾年的教書匠，居然會不厭倦。我當了幾年講師，都覺得煩死了。」

「那是因為你沒有敬業精神，而又太年輕的緣故。」靖紫輕喟了一下，想起了唯仁剛去世不久那些痛苦、無助而又徬徨的日子。「從前，我也有過這種想法。」

那是什麼日子啊？失去了一個心愛的人，接受了一副生活的重擔；上有高堂，下有幼女，而自己也只是一個柔弱的少婦。有時，真是恨不得丟下這副擔子，追隨所愛的人而去；有時，又想一找個人幫自己挑起這副擔子。她知道，母親為了守節，而守節的時代已經過去，年輕的她，有時也會為了某一位向她獻慇懃的男士動過心；可是當她一想到母親和女兒（她們三代之間完整的愛是不容分割的啊！）她的熱情便又冷卻。然後，當她的年華漸漸老去，當女兒日漸長大，便無人再能撥動她的心絃；而為年輕的一代傳道解惑，也就成了她精神上唯一的寄託。

「媽媽，我瞭解你的心境，你的偉大無人能及。你不但是一位好女兒、好妻子、好母親，還就一位好老師哩！」念渝坐直了身子，因為她怕媽媽的肩膀壓酸。

「你少肉麻！什麼偉大不偉大的？你拚命拍媽媽馬屁，是不是想媽媽明天送你一個大紅包呀？」母女二人一向開玩笑慣了，為了不想氣氛太沉悶，靖紫就輕輕推了女兒一下，笑著說。

「不，媽媽，我太老了，你不要再給我紅包。」不知怎的，念渝卻笑不出來。三十歲對女人而言太可怕了，任她如何男性化，也無法瀟灑起來。

我到底幾時對自己的年齡敏感起來的？大概是在廿五歲以後吧？每次開同學會，幾乎每一個女同學都有丈夫或男友陪同，有的甚至帶了兩個小寶寶的。起初，我還頗以自己的「超然」身分而自傲，慢慢地，「沒人要」的自卑感便取代原來的自傲了。我真的是沒人要嗎？還是沒有機會？誰叫我選上了陰盛陽衰的外文系呢？（這當然是受爸爸媽媽的影響）而我又不像別的女生那樣，一天到晚打扮得漂漂亮亮的到處參加舞會，所以，居然到大學畢業了，還沒有跟男孩子約會過。當了助教以後更甭提了，清一色是女孩子，後來加入的男孩又都比自己年輕，因此，直到如今，卅歲的人，竟然還沒嚐過愛情的滋味。對終身大事我一點也不急，嫁不嫁人無所謂；倒是外婆跟媽太緊張，生怕我變成老處女。其實，我對目前的生活並不厭倦，雖然對自己的工作並不像媽那樣感到樂趣，能夠為人師表，有時亦可滿足自己的虛榮心。最要緊的是，我喜歡在外婆和媽媽的卵翼下過日子。這樣，我就永遠是女兒、孫女，永遠不老。

「你不要紅包，那麼想要什麼東西？」靖紫問。

「我什麼都不要，只要一輩子在媽和外婆的身邊。」

「傻丫頭，別說這種傻話，你終有一天要結婚的呀！」靖紫在女兒的腿上輕輕打了一下。

「哈！傻丫頭！我就喜歡你這樣叫我，這證明我還不老。傻丫頭，Silly girl……」念渝喃喃地說著，忽地大叫起來……「媽，對了，你還記得Nash那首名叫〈她的三十歲生日〉的詩嗎？」

「不記得了。因為我自己天天教英文，所以有點討厭英文。近來我又恢復讀舊詩舊詞了。」靖紫把手中那本書的封面翻了過來。

「我知道，這大概是媽年齡與心境上的轉變吧？不過，我記得Nash這首詩，幾年前我們一同讀的時候，還大笑過一場哩！」念渝說著，放下手中那本英文小說，走到書架面前，隨手抽出一本精裝的英文詩集，翻了兩下，就叫：「找到了，就在這裡。」

她走到媽媽身邊，緊靠著媽媽坐著，把書攤在大腿上，母女倆人頭並著頭，一同用英語曼聲朗誦Nash那首詩（念渝認為這就是兩代都唸外文的好處）。當她們讀到：

蜜蘭黛眼中的蜜蘭黛，

是蒼老、灰白而污穢；

昨晚她還是二十九，
今晨卻已是三十歲。
傻女孩，漂亮的女孩，
歲月對你是靜止的，
一年或者三十年，
又何損於你的美麗？
拾起你的鏡子告訴我，
那麼
春日芳華知幾許？蜜蘭黛。

兩人不禁一起縱聲大笑。一會兒，母女兩人又都掩著嘴壓低了聲音說：「別把外婆吵醒了。」

「傻女孩，春日芳華知幾許？」靖紫執起女兒的手撫摩著，重複背誦著這句詩。念渝的手依然柔軟細嫩，比較起來，便顯出靖紫的手的粗糙。「你還是認為自己已經很老了嗎？」

「不了，我幾年前讀它覺得好笑，現在讀它還是覺得好笑，這大概是因為我還沒有老吧？起碼是心理還沒有老，前途還大有可為啊！媽媽你看起來年輕得很，外婆也還不老邁，我又何敢言老呢?」念渝低聲吃吃地笑著。她的眼睛發亮,白牙閃閃,在靖紫的眼中,女兒還是個青春少女。

(人間副刊)

相親

曼雲坐在梳妝桌前慢條斯理地刷著自己的一頭長髮。她的頭髮又黑又濃，又柔軟又光滑，是她最得意的本錢。皮膚也不錯，白白嫩嫩的，從來不必擔心會長青春痘。鼻子、嘴巴和臉型嘛，也都馬馬虎虎過得去，討厭的就是一雙眼睛生得太小，又是單眼皮。因此，她雖然沒有近視，卻長年戴著一副平光眼鏡，這倒增加了她不少書卷氣。

恃著皮膚好，她向來不愛化妝，一管淺色唇膏，就是她全部的化妝品。知道嗎？這就是我吸引方圓的原因。他說他喜歡我這種清新脫俗的氣質……怎麼啦？幹嘛無緣無故又想起了他？我不是答應了媽媽，也答應了自己不再去想他的嗎？

她繼續慢條斯理地刷著她的頭髮。現在，已經刷過一百下了，媽媽又不斷地在門外催著她，於是，她懶洋洋地站起來，打開衣櫃，挑選衣服。以她修長而苗條的身材，穿褲裝應該最能表現她的優點，但是又覺得不夠正式（雖然我並不願意去，可是也不能有失風度呀）。那件很新潮的中庸裝也不錯，但是我為什麼要穿得像煞有介事呢？不如穿普通的襯衫裙子算了。她挑了一件咖啡色條紋的襯衫和一條米色的及膝裙穿上，看看又覺得太隨便。這時，媽媽已開始捶門了。她一面大聲回答：「好了，馬上好了。」一面把襯衫裙子脫下，換上一套淺粉色的套裝。淺粉色，像閃電似的，她立刻又聯想到方圓。淺粉是他最喜愛的顏色，幾乎他所有的運動衫和毛衣都是淺粉色的：全淺粉色的、淺粉條子的、淺粉格子的、淺粉圓點的。雖然他一共才不過那幾件衣服，可是他的朋友都戲稱他是個「粉紅色的畫家」。

才把房門打開，媽媽就衝了進來。「怎麼搞的？換件衣服換那麼久，要來不及了。」尖銳的女高音像連珠炮似地響著。「你就穿這一身呀？看，粉也不擦，首飾也不戴，太隨便了吧？」

「我就是這個樣子，您再囉嗦我就不去。」曼雲大膽地跟媽媽頂撞著，因為她知道這是媽媽有求於她的時候。

「好！好！我不囉嗦。我的大小姐，快點去吧！你看，現在是幾點鐘啦？」媽媽晃動著龐大無比的臀部，領先走出去。她那件瑞士綢的旗袍顯然裁得太緊了，渾身的肥肉被綑紮得似乎都要繃出來。三吋的細跟高跟鞋更是無法負荷她逼近七十公斤的體重而發出了嗞嗞的聲音。剛從美容院做過的、硬殼子似的頭髮發散出刺鼻的香氣，使得曼雲不自覺倒退了一步。

「俗氣！」她在心裡嘀咕著。為什麼所有的老女人都喜歡模仿電視劇中媽媽們的打扮呢？真是無可救藥！記得她有一次曾經跟方圓開玩笑：假使我將來老了也變成這個樣子你怎麼辦？

那還不簡單？跟你離婚呀！他一本正經地說。方圓，你知道，我是永遠不會變成這個樣子的。可是，無論我變成什麼樣子，你都看不到了。

在計程車上，曼雲一直悶聲不響。

「曼雲呀！我求求你，等等見到人的時候別這樣繃著臉好不好？這個不要那個不要的，你真是想當——」媽下面三個字咽了下去，又繼續說。「今天楊阿姨給你介紹的這位丁博士，年紀輕輕的，就在普——普什麼頓大學當副教授，人也長得俊。像這樣的男人，去哪裡找呀？你又不是不知道現在女多於男，真是的，你不急我都急死了。」

儘管媽媽一直在耳邊嘟囔著，曼雲卻閉著眼睛，充耳不聞。她不想答腔，因為她一開口就會跟媽媽頂撞起來。她知道她跟媽媽（也許是所有的媽媽）在擇偶方面的意見永遠不會相同。她喜歡的是一型，媽媽喜歡的又是另一型。五年前，她跟方圓的事就是因為受了媽媽的影響而拆夥的。當時，她年紀還輕，不得不接受媽媽的意見。現在，她長大了（也許是「老」了），可以自立了；但是，她還得聽媽媽的，因為自從方圓走了後，五年來她還沒有交到過別的朋友。

當年，在她的心目中，方圓是完美的，簡直無人可以跟他比擬。他的人是那麼可愛，包括了他的外形與內在。她喜歡他那天然微捲、從來不必擦油的頭髮；她喜歡他瘦瘦高高的身子永遠穿著運動衫和牛仔褲的瀟灑勁。她崇拜他那些她看不懂的超現實的油畫；她傾心於他寧可不吃飯也不屑去作廣告畫的骨氣的。但是，媽媽卻把他貶得一文不值。

她記得第一次帶他到家裡的情景。那時，他們已交往了有半年之久，他是極不情願地去見她的父母的。進了門，她把他介紹給爸爸媽媽，他沒有稱呼他們，只是微微一點頭。然後就大模大樣地坐在沙發上翹起二郎腿，骨碌骨碌地一口氣就把她送上的一杯可樂喝光。爸爸媽媽跟他說話，問他一句他回答半句，有時就乾脆不答（後來，他直怪她媽媽像調查戶口似的，使他受不了）。吃飯的時候，他還是不說話，只是埋頭猛吃。吃完飯不到十分鐘，便藉口有事，隨隨便便一揮手，輕輕鬆鬆地說聲：「擺擺」，走了。

爸爸皺皺眉沒說什麼，媽媽卻十分生氣。「我說呀！曼雲，你是瞎了眼不成？怎會看上這種沒有教養的人的？你看，他坐沒有坐相，吃沒有吃相，樣子邋邋遢遢的，又不懂禮貌。不，曼雲，說什麼我都不讓你跟這種人交朋友？」

「人家是個藝術家嘛！當然是不拘小節囉！」她小聲地為方圓辯護著。因為理不夠直，所以氣就不夠壯。

「得了吧？藝術家就可以對人沒禮貌？這是誰規定的？曼雲，這種沒有出息的嬉皮式人物並不適宜於你。想想看，以你這麼一個標標緻緻、乾乾淨淨的女孩，怎能夠跟一個吊兒郎當，不修邊幅的男人在一起呢？」媽媽不像爸爸那樣含蓄，她毫不容情地把要說的話都說了出來。

曼雲不再說話，她懶得再跟媽媽辯論下去。她知道媽媽理想中的乘龍快婿是那種循規蹈矩的好青年；一流大學畢業，最好是留學生；有一份理想的工作；外表斯斯文文，整整齊齊，還有很要緊的一點，就是對長輩要有禮貌。這能怪媽媽嗎？這是很正常的擇婿標準，媽媽沒有以金錢作條件，已經是很難得的了。誰叫我遇上方圓呢？

媽媽的話沒有錯，方圓的確是個邋遢鬼，就憑他那狗窩似的畫室，憑他的滿嘴煙臭，他那些經常發黑的淺粉色運動衫（好個「粉紅色」的畫家」）。而且，他常常佔她便宜，兩個人出去吃飯看電影，總是她付帳的時候多。起初，她可憐他是個窮畫家；但是，後來她發現他居然不止一次地拒絕一些他不愛做的工作，那就不免有點懷疑他是個好吃懶做的傢伙。而且，他的脾氣又怪怪的，對誰也看不順眼，跟任何人都相處不來；而且……

她愈想就愈發現他原來有著那麼多的缺點。最重要的一點，是他根本不曾明白表示過愛她或者要娶她。那麼……

從此，她就有意的疏遠了他，最後甚至不再來往。兩年多以後，方圓忽然從巴黎寄了一張明信片給她，告訴她他已出國深造。在寥寥數語中，她看得出他寄信給她的用意是炫耀多於敘舊，就咬著牙齒不回信。她曾經把那張背後印著凱旋門夜景的法國明信片拿給媽媽看，並且報復性的埋怨了一句：「你嫌他沒出息，現在人家可出國啦！」

「出國又怎麼樣？現在出國的人那麼多，有什麼稀奇？誰曉得他在巴黎是真的唸書還是做小工？我看他這個人沒出息就是沒出息，不信你等著瞧好了。」

媽媽對方圓就是存有偏見，永遠把他批評得一文不值。假使媽媽知道了他全部的真面目，更不知會把他罵成什麼樣子了。

「到了，到了。曼雲，拜託，拜託，裝點笑容好嗎？」計程車戛然停止，沉默了許久的媽媽又開始嘮叨起來。

她頑皮地扮了一個鬼臉，把嘴角扯到兩頰的邊沿，然後側著頭問媽媽：「這樣的笑容夠不夠？」

媽媽氣得直向她翻白眼。

楊阿姨請客的地點是萬福樓，道地的江浙菜，佈置是純粹的中國風味，一般人宴請外國朋友或海外歸僑都喜歡選擇這個地方。為了排場，雖然主客一共只有四個人，楊阿姨也訂了一個房間。當曼雲和媽媽走進去的時候，楊阿姨和一個青年男子已經坐在那裡等候。

一看見那個年輕人，曼雲心中就暗笑：媽媽為什麼不死心，每次都看上這一型的男孩呢？看他那修剪得整整齊齊的標準髮型，那副道貌岸然的黑框眼鏡，那白白淨淨的面孔，那身講究的西服，完全都符合了媽媽的理想。可惜，要嫁人的不是媽媽而是我啊！

一見她們進去，年輕人趕緊站起來，臉上帶著謙恭的笑容。楊阿姨為他們介紹著：「這位就是剛從美國回來的丁博士。這位是趙太太，這位是趙曼雲。」

丁博士忙不迭地向母女兩人又鞠躬又握手的，然後又為她們拉椅子、奉茶、遞毛巾、敬香煙，服務非常周到。

曼雲大膽地端詳著這位博士，她看得出他還很年輕，頂多比自己大一兩歲，甚至同年。他的笑容多少帶著點孩子氣，而曼雲卻開始為自己的青春傷逝了，女人在這方面是多麼吃虧。

丁博士對曼雲似乎有點靦腆，雖然一直用眼角來偷偷打量她，但是又不敢跟她說話。可是他對曼雲的媽媽可親熱了，他趙伯母長趙伯母短的，不斷地為她佈菜，向她敬酒（當然他沒有忘記招呼楊阿姨和曼雲），直把媽媽樂得眉開眼笑。

曼雲有點討厭丁博士的世故與造作，不過她對他也沒有太大的惡感。只是基於一種報復的心理——媽媽喜歡的人她偏偏不喜歡，她決心要破壞媽媽的計劃。

本來文文雅雅、秀秀氣氣的她，忽然毫不客氣地大吃大喝起來。她一面滿嘴嚼著食物，一面大聲對丁博士說：「丁博士，臺北現在很多高級的餐館啊！你要不要請客？你請客我就當嚮導。」在媽媽和楊阿姨的面面相覷中，丁博士也感到十分意外和驚愕。他期期艾艾地說：「好！好！當然好！」

「我還很喜歡跳舞。丁博士，你喜歡嗎？」曼雲笑得眼睛彎彎的。說完了，嘴裡還輕輕哼著《萬世巨星》中「I don't know how to love him.」的旋律，頭微微點著，兩肩一聳一聳的，兩臂也在擺動著，作出舞蹈的姿勢。

「曼雲，你怎麼啦？是不是喝醉了？」媽媽驚恐萬分的叫了起來。此刻，她已顧不得在人前的矜持了。

「沒有呀！我只不過喝一小杯，怎會醉？媽，你別緊張嘛！」曼雲用手向媽媽一甩，那樣子真像是個喝醉了的人。

「丁博士，真對不起！曼雲恐怕是喝醉了，我看，我們還是先行告退吧！楊大姐，對不起啊！」媽媽站起來，悄聲對著曼雲的耳朵說：「走吧！」

「既然媽媽叫我走，我就走吧！楊阿姨，丁博士，再見！」曼雲用小孩子的聲調說著，結束了這幕短短的鬧劇。

媽媽綳著臉領她走進電梯，一言不發等到她們坐進計程車裡，卻忍不住哇的一聲大哭起來。計程車司機詫異地回頭觀看，曼雲冷冷地拋過去一句：「沒有事，你開你的車吧！」她讓媽媽哭個夠，既不道歉，也不勸慰，因為她不願意司機聽見她們談話的內容。但是媽媽卻忍不住，一面哭一面數落著她：「你要死了，你完全塌了我的臺，叫我以後怎樣見人嘛？你瘋了是不是？怎會做出這種丟人的行為的？」

曼雲不回答，媽媽用力搖撼著她：「死丫頭，說話呀！」

「我只有這樣做才能讓你和楊阿姨之流死了這條心，不再逼我去相親呀！」她冷冷淡淡地面無表情的說。

司機從反射鏡看了她一眼，露出一絲怪怪的笑容，曼雲立刻狠狠的回瞪他。

「是我逼你的？我真不知你安的是什麼心眼？人家熱心，你卻嫌人家多事，我看你一定是想當老處女。」這一回，媽媽乾脆把這三個字說了出來。女兒這樣可惡，當眾塌她的臺，她也就不客氣了。

曼雲並不生氣，「老處女」這三個字並不能污辱她，她根本不在乎。

「假使你不強迫我去選擇你喜歡的這種型，我就不會。」曼雲冷冷地還擊著。她記得：這已經是媽媽第四次陪她去「相親」了。她很不喜歡用「相親」這個字眼，不過又想不出有什麼其他的代名詞，而事實上也就是這麼一回事。四次的男人都是同一型的面貌端端正正（在曼雲看來則是沒有個性），舉止老成持重（多麼暮氣沉沉而不夠瀟灑呀）。媽媽苦口婆心地說這種男人將來一定會是個好丈夫；然而曼雲卻忍受不了跟他們交友時的言語無味和沒有情趣。在前幾次的那三個人中間，一個是銀行的襄理，整個人都一絲不苟得就像帳目上的數字。一個是律師助理，年紀輕輕的，卻嚴肅得像法律條文。另外一個是一間小小貿易行的總經理，一天到晚CIF、FOB、L/C不離口。來往了幾次，曼雲便不再理會他們。學文學的她多少有點浪漫思想，她心目中的白馬王子應該是個詩人，是個鋼琴家或者畫家，那就是為什麼她的初戀對象選擇了方圓。雖然，她現在長大了，成熟了；但是，她仍然希望她未來的夫婿可以跟她一起欣賞詩歌、聽聽音樂、逛逛畫展。

「我喜歡這一型？我是為你好呀！假使你認為是我強迫的，那麼，我以後便不再自尋煩惱。我發誓，以後再也不做這種傻事了。」媽媽喃喃地說著，她的聲音很軟弱，本來已經止住了的眼淚又撲簌地流滿了一臉。

曼雲感到很內疚，她不想惹媽媽傷心。可是，她不知怎樣去安慰媽媽。

（人間副刊）

屬於秋天的

「好青，你弟弟又要請客了。」劉太太坐在沙發上，眼睛一面盯著彩色電視幕的歌女在扭腰擺臀，一面對女兒說。

「哦？甚麼時候？那我可要出去。我最討厭跟他的朋友一起吃飯了。」好青坐在另外一隻沙發上，腿上擱著一本英文雜誌，手裡還拿著一把銼指甲的銼刀。

「不，你不能出去。你弟弟交代過的，要替你介紹朋友。」老太太慢條斯理地說著。雖然是快七十的人，聲音還是嬌嬌脆脆的。

「那他為甚麼自己不跟我說？」好青跳了起來。「事先也不徵求我的同意，難道我一定有空？我不管，我就來個相應不理，看他下得了下不了臺？」

「你別這樣火爆脾氣，也別這樣不識好歹嘛！他不直接很你講，不徵求你同意，是怕你又來個當面拒絕。這幾年，你給他碰過多少釘子了，記得嗎？還好偉青不記仇，也是手足情深，他不死心，遇到合適的人就要給你介紹。他，人都約好了。你聽，蓮君都在廚房裡開始忙啦！」

好青一聽，廚房裡果然傳來陣陣剁肉的聲音，便不再說話，逕自回到自己的房間裡去，把門關起來。

她回國五年多以來，偉青的確時常在家裡請客。在老母親的心目中，是弟弟愛護姐姐，希望她能夠再找到一個終身伴侶共同度過下半輩子。但是，好青並不這樣想。她認為弟弟請客，只是他生意上的需要，介紹朋友只是附帶性質。至於偉青之所以熱心為她介紹，則一定是受了蓮君的慫恿。她覺得蓮君一定不喜歡她住在他們家裡，所以急於把她嫁出去。

唉！我何嘗願意跟他們住在一起？我自己有工作，學校也可以分配宿舍給我。還不是為了母親。母親說：偉青、蓮君要上班，兩個孩子要上學，每天剩下她一個人孤零零的，我回來正好陪她。我不是每天有課，在家的時候較多，想來也是義不容辭。我說：咱們母女倆搬到學校宿舍去住不好嗎？母親又不願意，因為她捨不得那兩個寶貝孫子。

一想到弟弟一對兒女，好青心裡就有氣。大的那個女孩都已經十四歲了，還常常穿著一件背心似的、只能蓋過屁股的洋裝到處跑。坐下來的時候兩條腿還叉得開開的，完全是一副野丫頭作風。即使她在美國住了二十年也看不慣。奇怪的是，蓮君居然不加管教，這一代的父母可真夠開明的。男孩子嘛，是個搗蛋鬼，頑皮得可怕。父母寵他，祖母溺愛他，使他變成個小霸王，他要甚麼就得給他甚麼，否則天下大亂。

至於蓮君，表面對她真是十分親熱。「大姐」長「大姐」短的叫個不停不用說；有好吃的一定要分她一份，買到了便宜衣料或毛衣甚麼的，也會送她一件。不過，好青知道這一切全是做給偉青看的。因為，有一次她在房間裡休息，蓮君以為她不在家，在電話裡就跟朋友大訴其苦。蓮君說自己不但要上班，要伺候丈夫和孩子，還要伺候兩個老太婆。伺候婆婆嘛，還算是分內的事；可是現在又來了個大姑。這個守寡的從美國回來的老女人，脾氣挺古怪的，好難相處啊！

像無意偷聽了別人的秘密一樣，好青感到臉上熱辣辣的好不難受。她的第一個衝動就是走出去戟指著蓮君大罵，但是，從來不曾罵過人的她又沒有這股勇氣。她想：到底是一家人，我即使馬上搬出去，將來還是會有見面機會的；而且，我跟她鬧翻了，母親和弟弟又會多為難啊！算是念她年「幼」無知（雖然她只比我小七八歲），饒了她吧！

她躲在房間裡，屏息著氣，不知該怎麼辦。還好，那時老太太在午睡，偉青和小孩子都不在家，沒有人會洩漏她的行藏。最幸運的是蓮君打完電話不久便出去了，她始終不知道自己的話完全已經被「老女人」聽去。

要離開弟弟這個家有兩個機會。一個是等母親百年之後（罪過！不過，人總是要去的。不是嗎？），一個是自己找到對象再結婚。叔漁因為車禍在美國去世那年，自己是三十九歲。那時覺得自己好可憐，也恨透了那物質高度文明的美國。假使我們不在美國定居，叔漁到今天一定還活得好好的。最使她受不了的是出事時她和叔漁同坐在一部車子上，撞車慘劇發生，她只受了一點輕傷，坐在駕駛座上的叔漁卻當場身死。當時，幸虧她昏了過去，沒有看到叔漁血肉模糊的慘狀，否則，這噩夢將會使她一生也忘不了的。

她拿了一筆為數不少的保險金離開了那個傷心之地。她又沒有兒女的拖累，就隻身回國。一兩年之後，哀傷之情漸減，每當有人要為她介紹，她想到自己前面還有一大截路要走，想到老來也許需要伴侶，也從不拒絕。但是，那些在介紹人口中形容得非常完美的人，有人言語無味；有人舉止不雅；有人俗不可耐；有人卻自命不凡。不，這都距離我的理想太遠（當然更是不能跟叔漁比了），我又不是急著要一張長期飯票，何必降格以求呢？何況，過了這麼些年，心境已進入秋天，一切都看得很淡，對少年人談情說愛的玩藝兒根本已提不起興趣，當然就得更謹慎點了。

不過，今晚我倒想看看他要介紹甚麼人給我。好青固然對弟弟的擅自作主頗為生氣，但是好奇心仍驅使著她不放棄這個機會。他既然不通知我，我就裝作不知道。反正我平時很少進廚房，就算蓮君在裡面忙死，我也不管。但是，我穿甚麼衣服出去見人呢？穿得太正式，一副相親的模樣，我才不幹。穿得太隨便嘛，又會給人以壞印象。真難！

現在才不過是下午三點多鐘，要到六點多客人才來，好青已經開始忙碌了。她千挑萬挑的選了一套淺藍色的褲裝，準備晚上穿。在家裡做主人，穿褲裝最合適不過；淺藍是高貴的顏色，又配合她的身分與年齡，而這套褲裝，式樣既時髦，又做得合身。她每次穿去教書，同事們都稱讚她美麗。

選好了衣服，她安心的上床午睡。她要養足精神，以便在客人面前顯得容光煥發。睡醒以後她去洗了一個澡，便開始專心打扮。我絕對不能讓客人看得出我是刻意打扮過的。她想。所以，她不能用太多的化妝品。還好，她皮膚細白、五官端正，只不過略略擦了點粉膏，淡淡的描了眉毛，輕輕的抹了點口紅，看起來便娟秀動人。她穿上那套淡藍色的套裝，除了無名指上那隻白金鑲鑽的婚戒外，甚麼首飾也不戴。打扮整齊以後，她對著鏡子滿意的一笑。她並不想靠自己的姿色獵取男人（以四十五歲的年華，大概也沒有這樣的本領了），但是她絕對不願意別人認為她老醜得嫁不出去。

現在，她還不準備出去，她要等她的弟弟來請她。坐在沙發上，手中拿著一本書，表面上是一副泰然的樣子，其實心裡卻亂糟糟的，根本一個字也沒有看進去。五時一刻，門上輕輕起了兩下剝啄聲。「大姐，我能進來嗎？」那是偉青的聲音。

西裝筆挺、紳士派頭十足的偉青一走進來就急急地問：「媽都告訴你了？大姐，你今天晚上沒別的事吧？」

「就算有，我們劉大經理請客，我還不是得到？」反正是非參加不可的，好青也就懶得跟他計較。

「謝謝劉大教授賞光！」做弟弟的也跟著打哈哈。「蓮君在廚房裡忙得團團轉，大姐要不要去幫幫忙？」

心想老躲在房間裡也怪悶的，就跟著偉青走到廚房去。只見蓮君繫著條新式的花圍裙，正在切一塊蒸熟的火腿。她是烹飪能手，動作乾淨俐落，忙而不亂。

「蓮君，辛苦你了，要我幫忙嗎？」妤青走到她跟前說。

「喲！大姐，你打扮得這樣漂亮，可不要走進廚房裡來呀！會把你的漂亮衣服弄髒的。偉青，你也走進來幹嘛？我還嫌你站在這裡礙事哪！走！走！快陪大姐出去。我要幫忙，我會叫小孩子來的。」

被蓮君一頓搶白，偉青無可奈何地聳聳肩攤攤手。而妤青，早已繃著臉離開了廚房。

好一個牙尖嘴利的女人！她為甚麼說話老不饒人？為甚麼話裡老是帶刺？真不明白偉青何以會愛上她？除了能幹以外，她還有甚麼可取之點？她做學生的時代是不是這個樣子的？還是經理夫人的身分使得她越來越跋扈？

在等候客人來的期間，妤青很想問問偉青今晚要給她介紹甚麼樣的人。然而，又有點不便啟齒。自從妤青一次又一次的否決了他所介紹的朋友之後，偉青雖然還未死心；不過，他已不願在事先把對方的情形告訴她。他寧願他們像陌生人那樣慢慢認識。

終於，客人一個個一雙雙的來了，一共九個。在一般情形下，偉青在家裡請客，老太太和小孩子是不上席的。九個客人之中，有四對是夫婦。妤青當然馬上明白，那個單身男客就是偉青要介紹給她的人。她不知道偉青請那個人來有沒有說明要給他做媒，因此，一直不敢打量他。偉青把客人一一為她介紹，最後才輪到那單身男客。偉青說，這位是唐漢儒教授，剛從美國回來。我姐姐在美國住了二十年，也是這幾年才回來的。你們也許有許多共同的朋友哩！

吃飯的時候，偉青也把唐漢儒安排坐在妤青身邊。果然，他們有很多話可談。唐漢儒在美國史丹福大學，教了五年中文，而妤青卻是舊金山二十年的老居民。他們從加州的氣候談到舊金山漁人碼頭的海鮮；又從卡特的新政府談到加州大學的嬉皮士。他們的確有幾個共同認識的朋友，談完了那些朋友以後，唐漢儒便迫不及待地「介紹」自己。他說：我在這裡教了十幾年大學才出去的，多年來，一直忙於做研究工作，以至耽誤了終身大事。所以，今年快五十歲了，還是孤家寡人一個。說著，自顧自的哈哈大笑起來，惹得全桌人的目光都投向他們兩個，使妤青又羞又窘。

「那麼，唐兄，你加油呀！『阿里山的姑娘美如水呀！』在這裡，漂亮的小姐多的是！」座中的一位男士大聲的說。聽他的口氣，似乎並不知道偉青要為姐姐做媒的事，妤青聽了，心裡好過一點。可是，不知怎的，卻微微有點失望。人家說「漂亮的小姐多的是」，我這個老太婆算甚麼呢？

「那還得請你老兄幫忙哪！」唐漢儒又是哈哈的笑著。

「憑你唐兄一表人才，又是回國學人，還怕沒有小姐追？這裡漂亮小姐雖然多，卻是陰盛陽衰，現在單身男人的身價可高得很啊！」

在大家哄堂大笑中，好青偷偷瞥了坐在自己身旁的唐漢儒一眼，由於距離太近，她只看到他有一個高挺的鼻子和白淨的臉皮，其他就甚麼也看不到。她和他談了半天的話，到現在還弄不清他的長相是甚麼樣子。

偉青坐在好青的另一邊。他除了招呼客人以外，一直沒有表現出這個宴會是特別為了介紹唐漢儒給姐姐而設的意思，這使得好青的不安與尷尬慢慢的消除。

蓮君的菜做得很叫座，大家一面吃一面稱讚。唐漢儒忽然冒昧地問：「劉教授一定也是烹飪能手吧？」

「不，我不會。」好青有點不高興的回答。

「我姐姐太客氣了，她不是不會，只是不愛做。人家是位教授，君子遠庖廚嘛！」蓮君適時的又在賣弄她的說話技巧，既像恭維，又像諷刺。好青聽了頗不是味道。

還好，這時蓮君的女兒奉祖母之命把甜品——銀耳蓮子湯捧了出來，大家的注意力集中在長得相當健美的女孩子身上，才把話題轉變過來。

飯後，大家到客廳去喝茶。好青去和那些太太們坐在一起，一則為了不想跟唐漢儒說話，二則正好正面的端詳他。

她一面跟那些太太們有一搭沒一搭的敷衍著，一面不時用眼角去瞟坐在對面的唐漢儒。這時，她才明白別人為甚麼說他一表人才。他有一頭很伏貼而微捲的黑髮；白金眼鏡後面有一雙靈活的眸子；兩片薄薄的嘴唇後面有兩排整齊潔白的牙齒。他說自己快要五十歲了，但是看起來頂多四十歲。以他這樣優越的條件，怎會到現在還不結婚？是他眼高於頂？假使是那樣，他又怎會看中我這青春已逝的寡婦呢？

當她在偷偷端詳他的時候，猛不提防，他也向她望過來。四目相投，她也不禁羞紅了臉。而他，卻是溫柔地向她一笑。

自此以後，她不敢再偷看他了。到了大家告辭的時候，他走在最後，緊緊地握著她的手，用極其英語化的國語對她說：「劉教授，真高興能夠結識妳。以後，我還可以再來拜訪嗎？」

在他的眼裡，流露出款款深情與祈求。為了禮貌，她只好說：「當然，歡迎你來。」

「謝謝！」他滿意地微微一彎腰，放了她的手，然後跟偉青夫婦道謝告辭。

才關上大門，蓮君便急不及待的說：「這位唐先生長得挺帥的，而且我看他對你很不錯。大姐，這次你可沒話說了吧？」

好青正待發作，偉青卻先喝止了妻子：「你這是甚麼話嘛？人家才見了一次面，你急甚麼？」蓮君自知理虧，嘟著嘴走開了。偉青對姐姐搖搖頭說：「蓮君說話老是沒頭沒氣的，大姐你不要跟她計較。」

「假使我要跟她計較，早都氣出病來了。你說是不是？不早了，你去休息吧！」好青走了一步，又轉過頭來說：「偉青，謝謝你。」這一次，她真是有點感謝弟弟。

偉青點點頭，沒有說話。他從小就是個沉默寡言的孩子，進入中年以後，話就更少了。不瞭解他的人都認為他陰沉得可怕。事實上他的內心並不陰沉，他只是不喜歡說廢話，做事乾脆而已。譬如他為姐姐介紹男友，就是從來不把對方的情形告訴好青。因為他認為兩人彼此知道越少，要是不成功的話，彼此的不愉快也比較少。

這一夜，好青失眠到淩晨兩點才入睡。在偉青為他介紹的朋友中（此外她沒有交過任何朋友），唐漢儒無異是條件最好的一個。他外形好、學歷高、身分也高。但是，他將來還要回美國去的，那卻是我的傷心地啊！而且，他為甚麼到現在還沒有結過婚？是不是有甚麼怪癖呢？她想到很多很多，很遠很遠，最後啞然失笑，你還不知道對方對你印象怎樣哪？在妄想些甚麼呢？

好像才睡了沒有多久，忽然聽見有人敲門的聲音。她矇矇矓矓的醒過來，一時還不知道自己置身何處。

「大姐，你起來了沒有？有你的電話。」是偉青的聲音。

她睜開眼睛，室內已經大亮。看看錶，都十點多了，自己從來不曾起得這麼晚的。還好今天是星期天。

她一面回答說起來了，一面起床披上睡袍。心裡直嘀咕那一個冒失鬼星期天一大清早就來擾人清夢。

走出客廳，只見母親、弟弟和弟媳通通坐在那裡看報，看樣子似乎早已起來，只有她自己是個懶鬼，不覺有點慚愧。

拿起電話，喂了一聲，對方傳來略帶磁性的男性聲音：「劉教授，早！我是唐漢儒，沒有把你吵醒吧？」

「啊！唐教授早！我——我已起來一會兒了。」這電話太意外了，使得她說話的聲音都有點不自然。

室內鴉雀無聲，她發現母親和弟媳都豎起耳朵在聽。偉青雖然捧著一張報紙，但是誰曉得他有沒有在看。

「昨天晚上睡得好嗎？」唐漢儒改用英語說。

「還好，謝謝你！」她用國語回答。

「那好極了！劉教授，我想中午請你出去吃飯，你有空嗎？」唐漢儒的聲音十分溫柔。她的心狂跳著。可是，她不知道該怎樣回答。答應他嗎？未免顯得自己太隨便。不答應嗎，也許就錯過了一個機會。而且，今天是星期日，一時也想不出用甚麼理由來推搪。

「嗯！唐教授，您別客氣了。」她沉吟著，很得體地說。

「不，劉教授，客氣的是你。假使你不是另有他約，就讓我有這份光榮好嗎？」她還在沉吟著。

「就這樣吧，劉教授，我準十二時來接你，到時候再請你決定地點好嗎？」

「真是卻之不恭，那麼，先謝謝你嘍！」

放下電話，母親、弟弟、弟媳三雙眼睛都帶著問號望著她。

「是唐漢儒，他要請我吃中飯，你說我該答應嗎？」好青故意這樣問弟弟說。

「當然應該答應。你不跟他來往，怎看得出他為人怎樣？」偉青又擺出一副老成的樣子。

「我說唐漢儒對大姐有意思，沒錯吧？大姐，你好有魅力，挺能迷惑男人的啊！」蓮君在旁邊又搶著說。

「你又來語無倫次了，少說兩句行不行？」偉青皺起眉頭指責他的妻子。

好青也覺得蓮君的話實在不遜。不過，心裡也有點高興：這兩句話其實也有恭維的成分啊！

「好青呀！這位唐先生我雖然沒有看到，但是聽蓮君說人挺不錯的。你就不要再挑剔啦！」老太太也開口了。

「媽，我總得多瞭解一下才行呀！你是不是急著把我趕出去？」好青對老太太的話大起反感，忍不住頂撞了兩句。

為了不想再跟他們囉嗦下去，也為了時間不早，她趕緊回到自己的房間裡去準備。

今天，她準備要打扮得年輕一點。打開壁櫥，她挑選了一件杏黃色的長袖及膝薄綢洋裝。她要戴上一副白珊瑚珠的項鍊，繫白皮帶，穿白皮鞋，拿白皮包。黃配白，是多麼青春的色彩呀！可惜，她的生命已進入秋天了。

穿戴整齊之後，妤青站到鏡前端詳自己。在這樣的裝束之下，驟然看來，鏡中人的確依然像個少婦。但是，走近一點，她便發覺自己的眼角已生出魚尾紋，而蓬鬆的黑髮中間，也閃現出幾縷銀絲。忽然間，胡適之先生的兩句名詩：「偶見幾根白髮，心情微近中年。」掠過腦際，她輕喟著：歲月不饒人，外表年輕有甚麼用？更何況，身經憂悲的我，心情早已十分蒼老。

再過十分鐘便是正午了，她倚在窗前等候唐漢儒的來臨。她房間的窗門正對鄰居的後陽台，那裡種了好幾盆花卉。在暮春的豔陽下，那幾盆杜鵑和海棠開得燦爛耀眼。巷子裡，一對穿著牛仔裝的青年男女依偎著走過。這青春的景象又不免使她感觸萬分：年輕人，春天是屬於你們的，而我卻是屬於秋天的啊！我已失去了春天的歡樂，但願能享有一份秋天的恬淡，就於願足矣！

（自由談雜誌）

做了半日娜拉

窗外灑滿了白花花的陽光，是冬天裡難得的大晴天。門外，那家幼稚園的接送車又來了，喇叭聲響個不停，孩子們的笑聲就像是無數飄盪在空氣中的小鈴鐺。鄰居的主婦們也在互相邀約一起去買菜。每天這個辰光真是熱鬧，但是，對她而言，卻是一整天寂寞的開始。

丈夫乘交通車走了；在梳妝桌前磨菇了起碼半個鐘頭的女兒也走了。整三十坪的一層樓房就只剩下她一個人。每天，她懶洋洋地收拾早餐桌子、掃地、擦桌椅……，不論她做得多慢，九點半左右，便一切收拾停妥。然後，她坐了下來，拿起報紙，從第一版看到第十二版，幾乎連小廣告都不遺漏。可是，這也只不過給她消磨了不到一個鐘頭，距離中午還有好長一段時間啊！到了中午又怎樣呢？別人有著幼小的孩子的，此刻正忙得團團轉在準備中飯（我也曾經有過這樣的日子啊），而她，把晚上剩下的飯菜一熱，連「燒」帶吃，二十分鐘就解決了。她吃得很少，每餐只吃半碗飯。因此，到如今還保持著一六〇公分高，五十公斤重的身段，倒也羨煞那些胖得像啤酒桶一般的中年太太們。

午後，她小睡一會兒。下午的時間有時是洗衣服；有時是用吸塵器清理紗窗；有時寫信給美國讀書的兒子。她不打牌，不喜歡逛百貨公司，沒有多少朋友，對時下色情加暴力的電影也不感興趣。就這樣，自從兩個孩子都已長大，家務日趨簡化以後，她就成天把自己關在家裡，默默地忍受著寂寞的啃噬。

現在，她又是獨個兒坐在沙發上攤開一份報紙。窗外白花花的陽光照耀得一室雪亮，也使得她有點靜極思動。她想：自從上星期六出去採購了一週的伙食以後，已經有五天足不出戶了，我為甚麼要畫地為牢、作繭自縛？你是完全自由的，沒有人叫你整天躲在家裡啊！你還不老，為甚麼不像別人那樣盡量去享受人生？傻瓜！去呀！不要辜負這難得的大晴天呀！

去！去哪裡好呢？她決定出去了，但是又不知去哪裡好。她已經很久沒有去找她那兩個唯一在臺的同學了，朋友之間一旦久不往來，感情便漸漸疏遠，因此她更不敢貿然登門。翻翻報紙，又沒有合意的電影；要不然，去消磨兩個鐘頭也很不錯。無意中，她在報紙的下方看到一則畫展的消息。對！到植物園去。既可以看畫展，又可以看看花木，在陽光下散散步，豈不是挺愜意的一回事？孩子小的時候我們不就是常常去玩的麼？

放下手中的報紙，她愉快地回到房間裡去整裝。從年輕到現在，除了一瓶粉質的面霜和一支口紅，從來不曾使用過別的化妝品，她要出門，不消十分鐘便可以裝扮停妥。她的女兒，卻不知道從那裡學到的，自從去年大學畢業出去做事以後，便開始把各種化妝品往臉上塗，把原來青春的光彩都遮住。拚命化妝又有甚麼用?都二十三了,還連一個男朋友也沒有。我二十三歲的時候,兒子都已經一歲了。唉!我當時還後悔自己結婚太早。那個時候,在臺的同學還有十幾個(現在一個個都到美國去了),每次開同學會,她們一個個都是大學生,只有我一個人挺著個大肚子,顯得多沒出息。不過,這能怪誰呢?只怪自己考不取大學,又無一技之長。那份抄寫員工作的待遇又那麼低。所以,一遇到他,就只好抓住不放了。

一晃眼,二十六年過去了。這二十六年來我快樂嗎?她對著鏡子搖搖頭。鏡中人瘦削、蒼白、五官平凡、表情呆滯,一看就知道是一個沒有個性的、庸庸碌碌的家庭主婦。甚麼叫做快樂?我們中國人似乎不大講究快樂。我們是一群宿命論者。尤其是我們這種書唸得不多,只會燒飯和生孩子的女人,丈夫和孩子就是我們全部的生命,根本就忘記了有自己的存在。不過,從現在起,我要尋回我自己。子女已經長大,不再需要我,丈夫又有他的天地,我還整天守著一間空屋做甚麼?

她刷了刷短髮、抹了淡淡的口紅。鏡中人雖然不美,但是卻一點也不像一個四十八歲的婦人。女兒長得高大,有時跟她一道外出,常會被人誤會為姐妹。她知道,那是因為女兒喜歡打扮,而她卻不施脂粉,保持本來面目的結果。想到這裡,她去換了一件淺粉色的兔毛套頭毛衣,下面穿了一件女兒嫌窄而給了她的灰底白格及膝裙子,站到穿衣鏡前一看,苗條的她,倒還有點女學生的味道。

為了配合這個「學生身分」，出門之前她還把女兒一個學生型的皮袋拿來揹上。出了門，又怕碰到鄰居看見她打扮得這麼年輕而低頭疾走，竟有點做錯事的內疚。

一上了公共汽車也就泰然自若了。這裡沒有人認識我，沒有人知道我是一個廿五歲的留學生和一個廿三歲的女秘書的母親。我是一個四十八歲的女子，現在，已經沒有人需要我，我要享受我的生命去了。

在車上，她愉快地欣賞兩旁的街景。她已很久沒有出去，在耀眼的陽光下，她驚訝地發覺這個都市竟然越來越美麗。新的建築物不斷地在馬路兩旁出現，整個城市已改換了一個新的面貌，她覺得自己已變成了一個都市中的土包子。

歷史博物館還是老樣子。她記行二十年前曾經和丈夫帶兩個孩子來過。她還記得：兩個孩子對那個古代的石槨都很感興趣，還說是個大浴缸哩！那個時候，他們的經濟環境很差，他只是一名小小的雇員，待遇很低。而她，婚後為了孩子，已把抄寫的工作辭掉。一家四口，只靠著他微薄的薪水過日子，非常拮据。不過，那時也多快樂呀（現在她想起快樂的滋味了）！他對她是那麼的體貼，人又風趣；兩個孩子也活潑可愛。窮算得了甚麼？只要不餓肚，有衣服穿有房子住，那就夠了。他們是那麼年輕，他們眼中，物質是庸俗的。「有情飲水飽」，小夫妻倆相親相愛，那會想到那些身外的東西。星期日，兩個人總是帶著兩個孩子到處跑。陽明山、北投、淡水、新公園、植物園……到處都印有他們歡樂的回憶。

隨著孩子的日漸長大，這種歡樂就漸漸褪色了。是的，在升學主義壓迫下，孩子功課太忙，沒有時間去玩，他也漸漸忙了起來了。因為他在工作上的努力有了收穫，他從雇員升到了課長（現在，早已是主任了），他經常加班、開會；又學會了打牌和喝酒。除了睡覺以外，他很少在家。總之，從十年前起，他已變成一個世故的、喜歡交際的、重視名利的人。當年那個喜歡唱歌和開玩笑、安貧樂道的青年不知哪裡去了。而她，卻還是那個涉世未深的天真女孩子，兩個人的心靈，簡直有著十萬八千里的距離。他們沒有吵，可是卻覺得話不投機。

她一個人默默地在館內一層層的逛著。她對古物和藝術並無認識，也沒有特別的愛好。她只是讀過一些家庭版的文章，說家庭主婦偶然也應該去看看畫展甚麼的，那樣可以美化自己的心靈。但是，她逛著看著，也看不出甚麼名堂來。尤其是那些橫看豎看都一樣的抽象圖畫更是看得她一頭霧水。

還是到植物園去吧！她走出歷史博物館，走進植物園去。沿著荷塘邊的小徑，搜索著當年的記憶。她走到了花圃，那裡遊人特別多，不是雙雙對對，就是父母帶著孩子，很少像她那樣子孑然一身的。今天的太陽真好，陽光下的花朵也很嬌艷。但是她卻無心欣賞，因為她想起了二十年前她並不是孤單地來，她也像其他的人一樣，夫妻倆帶著孩子來的。她還記得兩個孩子手牽手站在那裡看花的可愛模樣，真像是一對金童玉女。現在，金童在太平洋的彼岸一面洗盤子一面唸書，也不知何日才會回來。玉女嘛，整天只知打扮玩樂，一心只想獵取如意郎君。她有點內疚的想：他們是不是漸漸變得不可愛了。

走累了，也餓了。一看錶，可不是，原來已經十二點半。她忽然想要豪華一下。平日老是虐待自己，每天中午一個人總是以剩飯剩菜作午餐，從來捨不得吃好的。不，今天我可要享受一下。她走出植物園，坐進一部計程車，到了西門鬧區。她走進一間設備得頗為講究的西餐室，但是，當侍者滿面笑容走過來，送上菜單，禮貌地問：「小姐，要吃點甚麼？」的時候，她一看價錢，便只叫了一份最便宜的快餐。

快餐的味道很差，她又吃不完。白白花了五十塊錢，這使得一向節省的她，感到有點懊惱。西門鬧區到處是人，路上摩肩接踵的，這又使她感到不耐。在無可奈何中，她走進了一家百貨公司。當她經過化妝品部門時，無意中看見美容師正在免費替顧客化妝。因為無聊，她也就站在那裡觀看。半躺在那裡接受美容的是一個胖胖的女人。她想看看她化了妝之後會是個甚麼樣子。這時，胖女人坐起來，一張圓臉經過各種化妝品的塗抹，倒也該凹的地方凹，該凸的地方凸，想來一定比原來一張大胖臉好看。

她正在呆呆的望著那個胖女人，冷不提防，一個女店員走到她的面前，拉著她的手說：「這位小姐，你的皮膚真好，讓我們給你化化妝好不好？化了妝之後，你一定加倍美麗。來吧，完全免費的啊！」

怎麼搞的？今天居然兩次有人叫我小姐，敢情這身衣服真的使我顯得年輕？

「不，我從來不化妝的。」她訕訕地說，掙脫了店員的手。

「小姐，這樣你就更加應該試試了。我們這位美容師剛剛從日本回來，手藝是第一流的啊！」店員又伸手來拉她。

「真的，試試看有甚麼關係？我還不是試過了？」胖女人也在旁慫恿著。

也許是一種反抗的心理促使著她，半推半就的，她居然就躺上了那張美容椅。她記得在大陸唸高中時讀過易卜生的戲劇《娜拉》，這時，她覺得自己彷彿就是那個為了更理想的生命而離家出走的娜拉。對！我為甚麼要求永遠做黃臉婆，試試看有甚麼關係？

她閉著眼，任憑美容師在她的臉上又塗又抹的，一面還向圍觀的人解說。大概有半個鐘頭之久，她聽見美容師說「好了」。她坐直身子，美容師拿了一面鏡子給她看，一面說：「你看，是不是更加漂亮更加年輕了？」

鏡中人，有兩道彎彎曲曲的眉毛；眼皮上有淡淡的藍影；黑色眼線襯托得兩眼大而有神；瓜子臉上的皮膚細白而透著光潤；唇膏的顏色也改變成為桃紅色而帶著亮光。

這是我嗎？她迷惑地注視鏡中人，簡直有點不相信自己的眼睛。

「還不錯吧？」美容師又問。

「你的化妝術太高明了。謝謝你啊！」她站起來離開那張美容椅，她不敢望那些圍觀的人一眼，但是卻隱隱聽見一些嘖嘖稱讚的聲音。

「小姐，順便帶些化妝品回去好嗎？」店員在櫃檯邊攔住了她。

她知道這就是「免費」的結果。剛才，她也聽見店員向胖婦人說著同樣的話。在無可奈何中，她只好破鈔買了一盒面霜。

換了一張臉，她頓然對自己增加了不少信心，同時，步伐也輕快了起來。不知是否由於心理作用，她覺得路過的男男女女似乎都對她多看兩眼。

對了，女兒常嫌我不打扮，太古板。要是她看到我現在這張臉，將會有甚麼感想呢？還有，他這些年來，眼中根本沒有我，說話時眼睛從來不看著我，是嫌我這個黃臉婆難看嗎？也該給他一個意外的。我何不約他們爺兒倆出外吃晚飯？也好調劑調劑枯燥的生活呀！

主意已定，她走進一個電話亭，先撥女兒辦公廳的電話。電話一接通，女兒就撒嬌地叫了起來：「媽，你剛才到哪裡去嘛？人家打電話回來響了十幾下都沒人接。」

「你剛才打電話回來？我不在家裡，我現在在街上。有甚麼事呀？」

「我晚上不回去吃飯了，同事找我去逛街。」

「哦！」她失望得很。「好吧！早一點回來啊！」

女兒大了，自然有她自己的天下，還是找老伴吧！

她再撥另外一個電話。亭外有一個長頭髮、戴墨鏡、穿著牛仔外套和牛仔褲的青年，手中玩弄著兩個硬幣，一雙眼睛透過墨鏡直勾勾地盯著她。

她用背向著他。電話裡傳來一個陌生的聲音，告訴她他到外面開會去了。默默掛上電話，她的一顆心直往下沉。推開門，那個戴墨鏡的青年衝著她笑，一臉的邪氣。

「小姐，是不是你的男朋友沒有空陪你？那有甚麼關係？我來陪你好了。你看，我是不是比他好得多？」他居然向她開口了。

光天化日之下，路上又有那麼多的人，她倒不怕。她想：今天真是見了鬼。她本想教訓教訓那個青年幾句，後來又想那反而便宜了他，就裝作沒有聽見似的急步離去。

剛才還沒有打電話給女兒以前，她本來打算約定了見面的時間和地點之後就去看一場電影來消磨時間的。可是，現在，女兒跟同事有約，丈夫又到外面去開會，她看完電影還不是得回到家裡去一個人吃飯？她已多年沒有上電影院，對電影早已失去興趣；那麼，看不看都無所謂了。

看看錶，才不過兩點零五分。她是上午十點左右出門的，到現在才不過四個鐘頭，就感到沒有地方可去。可憐啊！你這個天生應該關在家裡的女人！還想效法娜拉的出走？我看你啊，一定是一離開家就立刻想家。

是的，我的確有點想家了。剛才吃的那份快餐一定放了不少味精，以至她口渴難當。鞋子不大合腳，腳板底已隱隱作痛，她現在巴不得立刻回到家裡，換上那雙舒服的軟底拖鞋。還有，平日午睡慣了，此刻，一雙眼皮也開始感到沉重。

回去算了！她悠悠地嘆了口氣，就準備往公車的車站走。偶然，看到一家商店的櫥窗上反映出自己的影子，她又警覺的想起了自己還不能這個樣子回去。萬一讓鄰居看到了，要怎樣解釋呢？

她走進一家百貨公司的化妝室，就在水龍頭上把滿臉的化妝品都洗得乾乾淨淨，再用手帕把臉拭乾，然後心安理得的搭公車回家去。

回到家裡，家中寂靜如舊；踢掉那雙半高跟皮鞋，換上一身家服，泡了一杯香茗；倒在沙發上，她竟然得救似地嘆了一口氣。

忽然間，她又好像想起甚麼似的，衝進房間裡站到鏡子前面。這時，她所看到的只不過是一個面目平凡的中年主婦，她真想不通剛才那些人為甚麼會稱她做「小姐」。

（中央日報）

邂逅

雖然還是夏夜，而且才不過七點多鐘，這條高級住宅區的山道上竟是靜謐無人。兩旁大廈每一層樓每一扇窗子都燈火通明，然而卻高不可攀。除了偶然一部疾駛而過的私家汽車，思清便是路上唯一的行人了。她心裡有點慌，香港這種治安不良的地方，搶劫案件層出不窮，我一個單身少女夜行山路，千萬不要演出「香江驚魂」才好。皮包裡沒有幾個錢，搶去倒不可惜，不過，聽說身上的錢太少也不行，觸怒了匪徒是要捱刀子的。啊！太可怕了，都是自己不好，為什麼要假客氣不讓美芙陪我下樓叫車呢？要是在她門口上了「的士」，就不至孤零零一個人在路上冒險。

走著、走著，一路上就是沒遇到一部空的「的士」。雖然沿路都有街燈，但是，偌大一條馬路，就只聽到自己的腳步聲，也使得思清嚇出一身冷汗。現在，再回到美芙的家裡已太遲，只有繼續往前走了。她一面走一面提心吊膽，既怕有人從後面跟過來，又怕有人從樹叢中跳出來撲向她。香港她是第一次來，不認得路。她只記得剛才來時，「的士」載著她爬了很多斜坡才到達美芙家的，現在，她往下坡走大概沒有錯。

她越走越心慌，現在，已走到下面第三條山路了，但是，還沒有遇到一個人或者一部空車。天啊！這是怎麼一回事？人都到哪裡去了？難道我走錯了？有誰來救救我啊！思清驚惶到了極點，當她走過一處石階時，一不小心就跌倒了。她只跌了兩級，沒有受傷。但是，由於內心的恐慌，竟然撲倒在地上起不來。一想到自己可能會整夜留在這個「荒山」裡，她更是害怕得嚶嚶哭泣著。

就在這個時候，她聽見有人用粵語問他：「小姐，你是不是生病了？」思清聽得懂粵語，因為她母親是廣東人；不過，她不會講。聽到人聲，對她是一種安慰。這個人聲音很溫柔，大概不會是壞人。假使他是壞人，根本不需要開口的。

她掙紮著起來，那個人扶了她一把。當她狼狽不堪地站好了之後，在燈火下，發現扶她的人是個學生模樣的青年，就放了心。她拍了拍身上的沙土，靦覥地用半調子的粵語說了聲：「唔該你！」

「小姐，你晚上一個人在這裡走，好危險啊！你沒有事吧？」青年一面打量著她，一面不放心地說。

「沒有事，我只是不小心摔了一下。謝謝你！」她沒有辦法再用粵語表達，只好改用國語。

「啊！你是外省人？你來香港多久了？不會說廣東話？」青年人也用帶著廣東腔調的國語回答她。

「我是從臺灣來的，才來了兩天，一句廣東話也不會說——你的國語說得不錯嘛！」

「哪裡，我只不過在學校裡學過一點而已。」

「先生，這裡怎麼一部『的士』都沒有？你有沒有辦法幫我叫一部呢？」思清想到舅舅和舅母一定等急了，她巴不得立刻回到他們家裡。

「這裡是高級住宅區，多數人有汽車，所以『的士』上來的很少。這樣吧！我陪你走下去，直到你叫到車子為止。好嗎？」

「那就太麻煩你了，真不好意思！」

「沒有關係，反正我是出來散步的。我就住在下面那條斜路上，小姐，你呢？」

「我住在般含道我舅舅家。」

「啊！那很近嘛，要是你能夠走！我送你回去也不要緊。」青年的個子很高，跟她說話的時候老喜歡低著頭望著她。

一來怕舅舅他們擔心，二來也不想讓陌生人知道自己的住處。她說：「謝謝你的好意！假使叫到車子我還是坐車回去好了，因為我有點累。」

「好，那我們走吧，你真的沒有跌痛嗎？」

「只有一點點痛，不妨害的。」

遇到了一個人，而且是一個好人，她的恐懼感解除了。一點點表皮的擦傷，根本算不了什麼。她的步履反而比剛才輕鬆得多。

「你說你是從臺灣來的，是來探親嗎？」兩個人一面走著，他一面問。

「嗯！我來探我的舅舅和舅母。」

「你是個學生？」他又問。

「我已經大學畢業了一年，已不算是學生了。」

「我看你像個剛上大學的人。」

「才不是，我已經很大了。我有些同學都已經結婚有了孩子。剛剛我就是在我一個結了婚的同學家裡吃飯。」

這時，一部空的「的士」從他們身邊駛過，思清眼快，連忙把它攔住。她向那個青年再說了一聲「謝謝你」，然後揮手說聲「再見」，就鑽進車廂裡。車子開動以後，她回頭向後面望了一下，只見青年還站在原來的地方目送著她。

回到舅舅的家，思清並沒有把今夜小小的意外告訴舅舅和舅母。她認為事情已經過去了，沒有再增加他們心理負擔的必要。她和舅舅舅母還是第一次見面。大學畢業以後，她已做了一年貿易行秘書的工作，也積了一點錢。做滿一年，她可以有兩星期的休假，於是，她就想到來香港看看從未晤面的母親的家人。舅舅的輪廓和表情都跟她母親很相似。她最喜歡聽舅舅講些她母親小時候的趣事，當她看到舅舅笑時彎彎的眼睛，說話時嘴唇掀動的樣子，簡直像是母親的翻版時，就會感到一股親情的聯繫。

她在香港準備作十天的停留，現在，才過去了兩天。舅舅要上班，表弟表妹要上學。舅母有家務要料理（她和舅母是第一次見面，而且年齡懸殊），她也不便常常要她陪自己出去。除了美芙外，她還有一個小學時的同學住在香港。不過，美芙有孩子，她不好意思老纏著她。而那個小學同學因為分開太久，可談的事不多，她也不想找她作遊伴。她想：自己聽得懂廣東話，街上到處都有漢字和英文，她又不是文盲，怎麼會迷路？一個人到處逛逛豈不很瀟灑，何必一定要人陪呢？就這樣，她每天在皮包裡放一大把硬幣（作為搭電車、巴士以及輪渡之用），手裡拿著地圖，就在港九各地到處闖，倒也給她看了不少新鮮事物。她每天在黃昏前一定乖乖回家，因此舅舅舅母也就放了心。

有一天，她無意中跟著一群爬山的人走上砲臺山去。山上，只有一些砲臺的遺跡，顯得很荒涼，她感到興趣索然，站了幾分鐘就下山去。歸途中，在幽靜的山路上，她發現有一間出售花卉和盆栽的花圃，就無可無不可的走進去參觀。一進去，卻不禁為眼前的景色吸引住。院子裡兩列小巧玲瓏的盆栽，每盆都只有茶杯大小，種著仙人掌以及一些她不認識的綠色植物，可愛得像是小人國的花園。花圃裡更是千紅萬紫，美不勝收。花圃主人是一對未到中年的夫婦，一個在忙於澆水除草，一個在招呼客人。思清望著他們那間簡陋的平房以及滿園的花木，心中直讚嘆他們是二十世紀難得的雅人，隱於花的高士。在她要離去之前，決定要買一盆小小的綠色植物帶回臺灣，以作紀念。當她正徘徊在花架前面，躊躇著不知如何選擇時，忽然有一個人走到她面前，用驚喜的聲音對她說：「小姐，你還認得我嗎？」

她愕然地抬起頭，站在她面前的是一個高高瘦瘦的青年，正俯著頭，對她友善而略帶羞怯的微笑著。這個人的面孔是陌生的，但是，他那生硬的帶廣東腔國語她卻記得。在香港她沒有其他熟人，他一定就是前幾天在山路上對她仗義相助的年輕人。

「啊！認得，你就是幫助過我的那位先生。」在陌生的環境中遇到認識的人是一件愉快的事，雖則她根本連他姓什麼都不知道。

「不敢當。我叫徐立言。小姐貴姓？」

那天在黑夜中她根本沒有看清他的臉孔。此刻，她發現他有一雙看來很善良的眼睛，說話的時候，略顯蒼白的臉上還泛出紅暈。她相信他是個純潔正直的青年。

「我叫韋思清。」她坦然地大方地伸出手和他相握。

「韋小姐，你又是一個人在山上跑？」徐立言說。他的眼神中透露出關懷與責備。

「現是白天嘛，怕什麼？何況，又碰到了你？」她笑笑的回答他。

他聽了大笑。她也跟著笑。兩人笑作一團。

笑夠了，他幫她選了一盆粉紅色的球狀仙人掌，跟風雅的花圃主人作別了，兩人就一起下山去。

「徐先生，你是來爬山的？」她問。

「我的目的不是爬山，是散步，就像那天晚上一樣。我很喜歡在山路上隨意逛逛，看看風景，同時也讓自己的思想作野馬式的奔馳。」他一口氣說了這麼多的話，還是他們「認識」以來的首次。

「哦！你一定是位詩人。不過，你又太年輕了，我本來以為你是個學生哩。」

「我既不是詩人，也不年輕。小姐，我已經二十七歲，我已經教了四年書了。讓我自我介紹吧，我是個數學教員。」他微笑著說。

「你一點也不像廿七歲，也不像個老師，就像個大學生。」她歪著頭在打量他。他穿著一件藍白橫條的圓領運動衫和一條褪了色的破舊牛仔褲，腳上還穿著球鞋。

「那大概是因為我故意打扮得年輕一點的緣故。」他雖然很朗爽的笑著，但是蒼白的臉上立刻又泛起了紅暈。

兩個人笑了一會兒，他低頭偷偷望著她美好的側影，訕訕的問：「韋小姐，我記得那天你告訴我說你早就畢業了，我可以請問你的職業是什麼嗎？」

「當然可似，我是一家貿易行的秘書，已經做了一年。」

「那麼，你一定是最年輕最美麗的秘書了。」他結結巴巴地，費了很大的勁兒才把他衷心讚美的話說出來。

「不見得。我覺得你才是最年輕的老師哩！」

「那麼，那麼，最年輕的老師有榮幸請這位最年輕的秘書吃一頓午飯嗎？」路已走了不少，快到那天夜裡她跌倒的地方。時間已將近正午，他鼓起勇氣，發揮自己僅有的一點幽默感，提出了這個請求。

自己的觀察大概不會錯，這是個善良正直的青年，而且又是一位老師。反正我現在正需要一位遊伴，跟他做幾天朋友應該沒什麼關係？可是——

她猶豫著，不知該答應還是不答應。

「韋小姐，你第一次來香港，湊巧我們相遇了。那麼，讓我這個地主盡一點情誼，有什麼關係呢？這下面不遠有一家很幽靜的餐室，我們到那裡隨便吃點東西，休息休息，可以吧？」他誠懇地敦促著。一張臉因為緊張而脹得通紅。

她一向不懂得怎樣去拒絕人。舉出幾點不能去的理由都被他駁倒以後，便只好訕訕地答應。

他所介紹的果然是一家極其幽雅的小餐室，外部和內部都用原木作裝潢，顯出一種樸拙的風味。餐室裡面一共不超過十副座位，每張桌子上都插著鮮花。燈光是淡紅色的，柔和的音樂低低地從電唱機中流淌出來。一走進去，就令人有置身夢幻的感覺。除了他們外，只有另外兩個顧客。他挑了一張靠牆的桌子，桌上的小花瓶裡插著一朵剛剛綻放的黃玫瑰。

他拉開椅子請她坐下，告訴她這裡只賣印度咖哩雞飯和咖啡，問她是否同意這兩種食品。她含笑點點頭。這裡的氣氛令她陶醉，她覺得他真是個雅人，懂得欣賞這種情調。

咖哩雞飯送來了，還附了一份羅宋湯，兩者都是色、香、味俱全。

「還好吃吧？」他關心地問。

「很好吃。你怎會發現這個地方的？」

「是同事介紹的，我跟他們來過一次。我很喜愛這裡的氣氛，可是一直沒有機會再來。」

「為什麼？你不是說你就住在這附近麼？」

「因為我沒有一個人在外面吃飯的習慣，而且也沒有必要。」

「難道你不會找人陪你來，譬如說你的家人或者女朋友？」

「沒有人可以陪我來，我什麼人也沒有。啊！不要談我了，談談你自己吧！我很嚮往臺灣，談你自己，我就等於看到臺灣了。好嗎？」他蒼白的臉上又展開了羞澀的微笑，同時眼裡也露出了熱切的表情。

一聽到居然有人叫她談自己，她開心得雙眼都發亮了。她是個有點內向的人，在人多的時候不大敢說話；但是在人少時，她也喜歡發表一下。不過，她卻先賣了一個關子：「你不是已經知道了我姓甚名誰，還有做什麼的嗎？」

「不，那太簡單了。我要知道你家裡的情形，讀什麼學校，還有你的生活和嗜好等等。」他執著的要求著。

她也不怪他交淺言深，實在是因為他誠懇的態度使她難以拒絕。於是，她幾乎是滔滔不絕地而且帶著點得意的神情地把自己快樂的童年、幸福的家庭、多彩多姿的學校生涯通通告訴了他。

最後，她還告訴他最大的嗜好是看電影和旅行。她曾經有過連趕三場電影的紀錄；但是，這還是她第一次離開國門。

他用心地聽她講，那雙誠懇的眼睛專注地望著她，嘴角帶著羞澀的笑容。然而，聽著，聽著他的眼神卻漸漸黯淡起來，臉色也顯得更加蒼白。她也察覺了，就把自己的得意收斂起來，關心地問：「怎麼啦？你是不是不舒服？」

「沒有。我只是太羨慕你了。」他別轉了頭說。

「真的？我這麼平凡的生活居然值得你羨慕？」她揚起一邊彎彎的眉毛，睜著又圓又亮的眼睛，沾沾自喜的說。「現在，我談完自己了，該你啦！」

「不，今天我不想談。我不想讓我不愉快的故事破壞了美好的氣氛。假使我們還有機會見面，我一定再向你多些介紹我自己。」他低著頭，把最後一口咖啡喝完。

她想了一下，自己還有三天的停留，一個人玩比較沒有意思，他是本地人，何不就請他暫充兩天「導遊」，只不知他有沒有空？回臺之後，把實際情況告訴漢明，大概不會吃醋吧？假使他那樣不能容物，竟然生氣，就未免太小器了。我們到底還是朋友，並無任何約束，他怎能這樣不信任我？

我想到哪裡去啦？她的臉無緣無故就紅了起來。

「徐先生，今天你請我，明天我請你好嗎？明天中午你有沒有空？但是我不知道該到哪裡去吃，還得你介紹哩！」她說。

「真的嗎？那我太光榮了。我明天下午沒有課，我們到沙田去好不好？那裡的山水豆腐花又香又滑，好吃極了。」徐立言的眼睛又恢復了光芒。

第二天中午，他們在火車站碰了面。徐立言手中提著一個大袋子。韋思清歪著頭去打量，問他帶的是什麼東西。

「小姐，等一會兒到了沙田，只吃豆腐花是不夠飽的啊！」他揚了揚那值袋子，笑笑地說。

「是吃的東西？今天我請客，怎好又要你破費？」由於自己的糊塗，使她感到很不好意思。

「哪裡的話，我是這裡的地主，那有要你請客的道理？將來如果我有機會到臺灣，你再大請客好嗎？」他愉快地說。

「當然好！不過，你什麼時候去呢？」

「唔，再說吧！」他的神色忽然又黯淡下來。「小姐，我們該上車了。」

廣九鐵路的火車搭客擁擠而設備簡陋，這使得在臺灣坐慣了觀光火車的韋思清大感驚訝。她覺得這又有點像她很小很小時爸媽帶她坐火車到北投到淡水去玩一樣。

還好，不到半個鐘頭就到了沙田站。徐立言帶她走到山腳一間專賣豆腐花的村店裡，一口氣叫了四碗。他骨碌骨碌的就吞下兩碗，然後等她慢條斯理的吃完一碗，便問：「好吃嗎？」

「好，太好吃了。」她點點頭說，又開始吃第二碗。的確，這些用山泉製成的豆花，那股清香，那種滑嫩，又豈是她平常所吃的普通豆腐腦可比？

「我可以再吃兩碗嗎？」他裝作很可憐的樣子問。

「當然可以。我也再一碗。」

吃完了，他讓她付帳。八毛錢一碗，她連叫便宜，說這個主人真易做。

他們緩緩踏著石階上山。石階兩旁，濃蔭夾道，使人盡忘溽暑。大約走了十分鐘，她發覺他有點氣喘，便取笑他：「虧你還說常常在山路上散步，怎麼才走了一點點路就氣喘了？」

「大概是豆腐花吃得太多了。」他喘息著跟她開玩笑。在綠蔭下，他的臉色有點發青。

「我們還是休息一下再走吧！」她說。

「也好。」

他們在樹蔭下站了一會兒又繼續往上走。就這樣走走歇歇的，終於到了山上的一間寺廟。他問她：「信不信佛？要不要求籤？」一面說一面又喘著氣。

「你以為我會這樣迷信？」她反問。

「也不一定是迷信，好玩嘛！假使你沒有興趣，那麼，我們還是舉行野餐吧！爬了這麼多的石階，四碗豆腐花都消化完了。」

他領她走到寺後的花園裡，找了一張有樹蔭的石凳坐下，打開手中的袋子，拿出一塊大紙巾鋪在兩人中間，然後又拿出兩份三文治、兩塊蛋糕、兩個大蘋果和一些巧克力糖。

「就是這些了，夠不夠？」他問。

「太多，怎麼會不夠？我還飽得很，吃不下，你先吃吧！」她說。

「也好，那麼你先吃蘋果，等一下餓了再吃其他的。」他很體貼，並沒有勉強她。

看著她咬了一口蘋果，他嚥下了口中的三文治，忽然問道：「韋小姐，你什麼時候回臺灣去？」

「我後天走。」

「能不能多玩兩天？」

「不行，因為我大後天就要銷假了。」

「這樣說，我們明天就不能再一起玩了，我明天整天有課。」他垂著頭，一臉的失望。

「將來你去臺灣，我再好好的陪你玩。」

「將來？誰知道我的將來會怎麼樣？」他仍然低著頭喃喃的說。

「啊！你太悲觀了。年紀輕輕的怎會說出這種話？」

「假使你知道了我的身世，你就不會奇怪我說這種話了。我答應過要告訴你的，既然我們已經沒有機會再在一起，現在，就請你聽一個使人極不愉快的故事吧！不過，你得把你後天起飛的時間和班機告訴我，我要來送你。」

他們坐在一條石凳的兩頭，中間隔著一條紙巾，紙巾上面放著食物。樹蔭濃濃的覆蓋著他們，他們都望向前面，彼此只能看到對方的側臉。今天不是假日，山上幾乎沒有其他的遊人的。在他們的四周，只聽得見鳥鳴、蜜蜂的嗡嗡以及松濤聲。

「我是在九龍鑽石山一間小小的木屋裡出生的。那時，我的父母都是大陸逃出來的難民，為了養活妻子，父親只好去打石子。勞累的結果，使他患上嚴重的肺病，在我三歲時就去世了。母親揹著我到工廠去做女工，後來，嫁給了一個工頭，他就是我的繼父。我原來姓王，徐是我繼父的姓，不過，那又有什麼關係？反正我已使用了二十四年。」他平靜地開始敘述他的身世。

「我不能說我的繼父不好，因為他總算供我讀完中學，大學則是我半工半讀成的。我的繼父沒有錢，他到現在還是一個工頭，而且也快到退休年齡了。母親老覺得我們虧欠了他，因此，自從我出來做事以後，就規定我每個月必須把薪水袋全部交給她，再由她交給繼父，以表示我懂得知恩圖報。然後，她再把零用錢交給我。還好，我既無任何嗜好，也不交女朋友，錢少花一點也無所謂。」

「最糟糕的是，繼父近年來變成了酒鬼，天天喝的醉醺醺的，回來就打母親。母親後來又生了四個孩子，多年來操持家務，養育兒女的結果，身體已變得很衰弱，怎經得起他的毆打？但是，我又沒辦法制止，因為他會連我也打的。我不是怕他打，我只怕我要是衝動起來還手的話，說不定會鬧出人命來。」

「我們的家到現在還住在古老的木樓裡，一家七口只有兩個房間，我們男孩子都得打地鋪睡覺。我在家裡連一張床一張書桌都沒有。從前做學生時我都是在學校的圖書館裡做功課的。現在，你想我在家裡有什麼意義？所以，除了上課外，我整天都在外面流浪，非到疲倦了都不想回去。這就是我全部的生活，大概到死也不會變的。說完了，你聽厭了吧？」徐立言轉過臉來想看看她的反應，剛好她也轉過臉來想說兩句安慰他的話。當兩人打個照面時，她發現他一張臉變成了灰色；他發現她已盈盈欲淚。

「哦！你太可憐了！你下面是弟弟還是妹妹？他們可以接你的棒麼？」雖然這只是一個見過兩次面的陌生人，但是她的心已被他悲慘的身世絞得異常痛楚。

「我的大弟弟小我六歲，可是他小時候生過腦膜炎，發高燒壞了腦神經。他今年廿一歲了，智力還停留在小學一二年級的階段，唸了兩年小學以後，根本沒辦法再上學。現在還像小孩子似的天天在家裡跟鄰居的小孩子玩耍。鄰居們在背後都稱他為『徐家個傻仔』，事實上，他也等於一個白癡。」

「其他的還小，都還在唸中學和小學，個個都不見得聰明。等到他們出來賺錢，恐怕我早就躺在墳墓裡了。」說完了，他幽幽地嘆了一口氣。

「徐先生，你為什麼老是說一些不吉利的話？你不過比他們大十歲左右，也就是說，十年以後你大概就可以卸下這個重擔了，何必想得那麼遠？」

「也許是吧；不過，你又怎會明白呢？」他又嘆了一口氣。「好了，不談這些了。你現在餓了沒有？要不要吃一些東西？」

「不，我吃不下。」她搖搖頭。的確，她的胸臆中早已被哀愁填滿，再也裝不下任何東西。

「我也吃不下，還是帶回去給孩子們吃吧！」他把食物又收回袋子裡。

這時，天空佈滿烏雲，山風漸動，她恐怕遇到雨，就提議回去。兩人默默地下了山，上了火車，一路上，誰都開不了口，來時的興致已完全消失淨盡。

在火車站分手之前，她叫他等她一下。她走進一家麵包店，買了一個大蛋糕，先是叫他替她提著，然後說：「請替我送給你的弟弟妹妹。」

在他要推辭之前，她已一溜煙的走開了。

在啟德機場的候機室裡，舅舅、舅母、表弟、表妹、美芙，還有那個小學時的同學都圍繞著思清，絮絮閒話家常，大家都捨不得她離去。但是，思清卻有點心不在焉的，眼睛不時望著入口的地方。徐立言為什麼不來？他說過要來送我的，是有事躭擱了他，還是有什麼別的原因？我們彼此都沒有交換地址，假使他不來，以後就連通信都不可能了。這個身世可憐的純潔青年，我和他雖然只是萍水相逢；但是，作為一個友人，也應該隨時給予他以鼓舞的力量呀！他為什麼不來呢？

機場的擴音機在催促她這一班機的乘客登機，她站起來，跟每一個人握別，懷著惆悵的心情走了進去。

起飛不久，一個空中小姐拿著一封信走到她身邊，問這是不是她的信。她一看，白色西式信封上，陌生的字跡寫著「韋思清小姐收」六個字，心中覺得奇怪，就問：「是我的。是誰送來的呢？」

「我也不知道，是櫃檯職員交給我的。」空中小姐說。

用顫抖的手拆開了信，信上這樣寫著：

韋小姐：

我是徐立言的好朋友。他不能來送你，因為他已經病重躺在醫院的病房裡。我和他從小學就開始認識，他一向多病，心肺都有病，還患有惡性貧血。昨天，他在教室裡忽然暈倒，校方把他送到醫院急診，到現在為止，醫生還診視不出他到底是什麼病，不過據說相當嚴重、危險。

今天我去看他，他醒了一會兒，就要我寫這封信送給你，並且要我告訴你，你是他一生唯一喜歡過的女孩子。他自知沒有資格，所以不敢說「愛」，怕驚嚇了你。他說，和你同遊兩次，是他一生最快樂的日子。後會無期，請你珍重。敬祝

旅安

何文亮上

看完信，她儘快拿出手帕，輕輕拭去眼角的淚珠。她轉過頭去望著窗外漸漸遠離的陸地，徐立言那張蒼白的、善良的、羞怯的臉卻不斷地出現在眼前。她知道，這張臉可能要很久很久才能夠從她的心坎裡消失。她也在心中暗暗為徐立言祝福，希望他能夠康復。儘管他們也許永遠不會再見面了，不過，她會永遠記得他的友情的。

（青副新文藝）

清音

胡老坐在書桌前，揮動著那枝蘸滿了墨汁的大楷雞狼毫，在一張宣紙上一氣呵成的寫完了陸放翁那首〈書憤〉：

早歲那知世事艱，中原北望氣如山。
樓船雪夜瓜州渡，鐵馬秋風大散關。
塞上長城空自許，鏡中衰鬢已先斑。
出師一表真名世，千古誰堪伯仲間。

放下筆，搖頭晃腦的唸了一遍，對自己那手敦厚而不失瀟灑的字頗覺滿意，然後又在詩的後面加上一行小字：「丁巳年五月生辰之日錄放翁詩以明志。」

「啊啊！塞上長城空自許，鏡中衰鬢已先斑。老了！老了！」他自言自語了一番，正想落款，門鈴忽然大響。

他不理會，老伴卻在廚房大聲的嚷：「去開門呀！我正忙著哩！」

「誰又空著嘛？」他小聲的嘀咕著，小心地把筆放下，又把窗門關起來，怕風把他的墨寶吹落地上，這才慢條斯理地在一陣緊似一陣的門鈴聲中到院子裡去開門。

門外，停著一部小型貨車，一部風琴就放在他門口。送貨的年輕人手中拿著一張紙對他說：「先生，風琴送來了，請你簽收吧！」

「什麼？我沒有買風琴呀！」無端端被人打擾，他有點不高興。

「可是，地址明明是這裡。你是胡士陵先生吧？」

「不錯，我是胡士陵，不過我沒有買風琴，我不能簽收。」

「先生，錢都付清了，大概是別人送給你的吧？」

「是誰送給我的你知道嗎？」看著那部淺棕色、式樣玲瓏小巧的風琴，胡老也不免有點心動。的確，他渴望擁有一部風琴已久。

「我只管送貨，可不曉得是誰買的呀！」

「讓我看看你的送貨單。」

但是，看了也沒用。單子是店員開的，地址沒錯，姓名也相符，而且還寫著「價款收訖」。

我沒有買，難道是老伴偷偷去買的不成。

「維勤，你出來呀！」他扯開喉嚨朝屋裡叫。

等了老半天，他的老妻才一面用圍裙擦著手，一面用小碎步跑出來。

「什麼事呀！人家正忙著哪！」維勤嘴裡嘟囔著，一看見是送風琴的來了，就眉開眼笑的說：「抬進去嘛！」

「是你買的？」胡老的一雙眼睛瞪得好大。

「你簽收就是，甭管是誰買的。」維勤笑嘻嘻的指揮送貨的人把風琴抬進客廳裡。向著院子的落地大窗前剛好有一個空間，把風琴擺在那裡正合適不過。

「真的是你買的？多少錢呀？」等送貨的人一走，胡老又迫不及待的問。

「我還買不起哪！告訴你吧！是孩子們和我合買的，算是你六十大慶的禮物。鑰匙在這裡，要不要試彈一下？」維勫說著就替他把琴蓋打開了。

胡老坐到琴前，把兩隻筋骨已經僵硬，佈滿了青筋和壽斑的手伸出來，作了幾下握拳的姿勢，讓指節柔軟一點，然後一面踩動踏板，一面把右手的拇指按在中央C的琴鍵上。四十多年前的記憶依稀尚在，他似乎還記得指法。

當他彈了一遍音階，正為妻子兒女對他的體貼而感動得熱淚盈眶時，又是一陣門鈴響。他連忙把眼淚逼回去，想出去開門時，維勤卻搶先出去了。

門才打開，一大堆人立刻笑語喧嘩的走進來。那是他的兒子、媳婦、女兒、女婿、內外孫兒，還有尚未出嫁的小女兒。她是去接她的哥哥嫂嫂和姐姐姐夫回來的。

「恭喜爸爸生日快樂！」

「爺爺生日快樂！」

無數的聲浪、無限的孝心圍繞著他，使他感動得幾乎讓已經逼回去的熱淚又流了出來。

「爸爸，表演一首好不好？」小女兒幼筠不知道什麼時候已經伏在他的背上。

「不，爸爸幾十年沒有彈琴，不會彈了。」他眨眨眼睛，轉過頭去對大家說：「謝謝你們送我這麼好的禮物，我的確想有一部風琴想了很多年了。」

「爺爺，我要彈琴。」三歲的孫兒爬上他的膝頭，他抱著他，踩動踏板，一面拿起他胖嘟嘟的小手指，按到琴鍵上，彈出了「多瑞咪多，多瑞咪多，咪法索，咪法索。……」

其他三個孫兒也圍攏過來，荒腔走調的跟著唱，祖孫都樂得哈哈大笑。

女兒和媳婦都進廚房去幫媽媽的忙。兒子和女婿在大談公車聯營的得失。整間屋子裡都洋溢著笑語之聲，跟平日的冷清迥然不同。

不消一會兒，四個女人便七手八腳的把一盤盤的佳餚擺滿了飯桌。

「壽星公快來啊！吃飯囉！」又是小女兒的女高音在叫。一聽見要吃飯，幾個小娃娃搶先都跑到飯廳去。

胡老笑瞇瞇地抱著最小的孫兒也跟著過去。只見桌上有他最愛吃的栗子炆雞、薑芽鴨掌，也有老伴自己愛吃的芥蘭炒牛肉，也有孩子們愛吃的糖醋魚和羅宋湯，還有……。當中擺著一個大蛋糕，上面插著六枝紅蠟燭。他們是江南人，三十八年避赤禍曾經逃到香港住了一年多，這些年，老伴又喜歡研究食譜，所以他們家裡的菜一向是南北和。這也不打緊，如今又羅宋湯又生日蛋糕的，這樣中西合璧，就不免有點不倫不類了。

他最恨別人崇洋，他很想訓訓他的子女（哼！難道老伴也老糊塗了）：我們中國人生日是要吃壽麵和壽桃的，吃蛋糕是洋玩意兒，我們為什麼要學他們？不過，他知道這是他們的一番好意，要是在大家高高興興的當兒板起面孔說教，那恐怕會被認為老頑固。於是，他就把話嚥了下去。

大家簇擁他上座，幫著他一口氣把六枝小蠟燭吹熄。正當幾個小娃娃吵著要吃蛋糕時，小女兒已坐到風琴前面，彈起了「生日快樂」的調子，大家便像百鳥歸巢似的唱了起來，連三歲的小孫兒也咿咿呀呀地跟著唱。胡老心中很不是味道；但是，臉上還是裝成笑瞇瞇的。

唱完了，大家又鼓掌一番。大小十一人這才坐定。

「爸爸生日快樂！」他的老伴、兒子、媳婦、女兒、女婿紛紛舉起了酒杯。

「爺爺生日快樂！」四個孫兒也學著樣，舉起面前的杯子。

「謝謝你們！謝謝你們！」六十歲了，儘管此生沒有什麼成就，但是有這麼多好兒女在身邊，這就是他的福氣。起碼，他比那些兒女都在國外，只剩下二老相守的人幸福得多。想著，他的聲音不禁有點哽咽。

其實，今天還不是他的生日，他的生日是在後天。但因為今天是星期日，大家有空可以團聚，所以就提前為他慶生了。近來，他老是想到自己已是花甲老翁而有點傷感。再過五年，他就得退休，退休以後做什麼好呢？坐在家裡等進棺材嗎？他身體很好，自覺寶刀未老；然而，歲月不饒人，看情形，五年之後，他勢必被投閒置散了。

「怎麼啦？幹嘛無緣無故的嘆氣？是嫌菜不好嗎？」是老伴的聲音把他的魂魄喚回來。

「菜很好吃。我只是感嘆自己老了。」他連忙分辯著，舉起杯子對大家說：「孩子們，咱們來敬你們的媽，今天我過生日，她是最累的一個。」

這一頓飯吃得好熱鬧好熱鬧，每一盤菜都吃得光光的，這使得掌杓的老媽媽特別開心。飯後，分吃了生日蛋糕，小女兒還沖了咖啡給大家。他拒喝咖啡，自己去泡了一杯釅釅的凍頂烏龍茶。

老伴有午睡的習慣，女兒和媳婦也各自去哄他們的孩子入睡。兒子、女婿和小女兒在玩撲克牌，他們邀他一起玩，他搖搖頭拒絕了，因為這是洋玩意兒。

無聊中，他又坐到風琴前，踩著踏板，隨意的按著琴鍵，彈出不成調的琴音。忽地，他想到：這也是洋玩意兒呀！我這個教會大學出身的人怎會變成這樣頑固，凡是西方的東西都排斥的？難道這也是老的現象之一嗎？

他彈著彈著，琴音忽然變成一首他所熟悉的調子：「索索咪瑞多，瑞多多啦多，……」這是那一首歌呢？他反反覆覆地彈著，調子熟得不能再熟，就是記不起歌詞。那三個在玩撲克牌的人聽而不聞，因為這是一首老歌，他們從來不曾聽過。

琴音傳到樓上，倒把正在午睡的維勤吵醒了。說「吵」不太確切，她只是在夢中聽到琴音，彷彷彿彿回到三十幾年前的少女時代。

她和胡士陵原是同事，她比他大兩歲，兩人一向只是點頭之交。有一天的中午，她和幾個女同事在辦公室裡唱歌。本來是大家合唱的，後來有人提議一人唱一首。年輕人誰也不會怯場，唱就唱吧，根本沒有人反對。輪到她的時候，她唱了一首在中學時學過的〈清音〉。

清唱完了以後，在循例的掌聲中，她發現室中多了一個鄰室的同事胡士陵。

「曾小姐，你也很喜歡這首〈清音〉？」胡士陵忘記了禮貌上的稱讚，一開口就這樣愣頭愣腦地問。

「也談不上特別喜歡。只不過因為自己懂得的歌有限，就選這首比較熟悉的罷了！」她也照實回答。

「這可是我最愛聽的歌。」他又是愣頭愣腦的說。

「哦！真的？為什麼呢？」

「啊！我也說不上來，就是喜歡它。」他的方臉脹得紅紅的。她以為他害羞，而且兩人交情不深，也沒有追問下去。想不到，從此以後，胡士陵就對她猛烈展開愛情攻勢。當他們要好到相當程度以後，他常常要她唱〈清音〉。直到結婚以後才停止了這「無聊」的要求。

彈到了第四遍，胡老嘴中開始哼出了：「空谷傳清音，迂迴何處尋？清音似在山林。……」

「哦？原來是〈清音〉！」他感到兩頰微微發熱，忽然想起了一件四十多年前的往事。

那時的他還是一個高中的學生。有一次，他一個要好的同學邀他一起去聽他姐姐的畢業演唱會。同學的姐姐在音專剛畢業，準備出國深造。那晚，她唱了幾首外國歌，他聽不懂，也不感興趣。到了本國歌曲部分，其中有一首〈清音〉，剛好是他們最近在音樂課學唱的。他用心的聽著，因為喜歡這首歌，便覺得同學的姐姐不但歌聲像天使，而穿著白紗禮服的她也像個仙女。音樂會結束之後，她美好的形象依然深深的印在他的心版上，他暗暗地愛上這個比他年長從未說過話的少女，而〈清音〉也變成了他最喜愛的歌曲。

他一向不喜歡音樂，認為那是洋玩意兒（原來我在少年時已經如此頑固了），自從愛上了〈清音〉以後，居然到住在隔壁的表姐家央她教他彈風琴。他每天放學後都到表姐家彈一個小時，學會了以後，天天都要彈一兩遍〈清音〉，直聽得她表姐一家人都要掩耳。

他遇見維勤，不自覺的便把她當作是同學姐姐的化身。但是，因為他並沒有真的跟同學的姐姐談戀愛，所以他的一顆心能夠毫無保留的獻給了維勤。維勤雖然不知道他的秘密（他不想瞞她，只是覺得那麼幼稚的戀情，有點羞於啟齒），不過這並沒有影響到兩人的相愛。結婚三十多年來，他們始終恩恩愛愛的。

「空谷傳清音，迂迴何處尋？清音似在山林。……」

他漸漸記起了全部歌詞，正在低低哼著的時候，忽然身畔多了一個人。

「你還記得這首歌？」不知什麼時候，維勤也站到琴邊，她說話的聲音好溫柔。他抬頭望向她，她那已經鬆弛了的雙頰依稀露出了淡淡的紅暈。

「我記得不完整，咱們來合唱好不好？」他說。

「幾十年不唱歌，都唱不出來了，我怕孩子們笑我。」維勤有點猶豫。

「怕什麼？他們又不是外人。來，一、二、三，空谷傳清音……」他領頭大聲的唱了起來，她也盡力的跟著唱。唱著，唱著，他們都似乎同到了三四十年前。

這時，玩撲克牌的人都停了下來，大女兒和媳婦也從樓上下來，大家悄悄的圍攏到兩老背後。等到一曲告終，大家便用力鼓掌。

「不要見笑，我們多年沒有唱歌了。不過，這首是我們的定情之歌，所以不計工拙，胡唱一番罷了！」胡老轉過身來，訕訕地說。

「爸爸媽媽再唱一首。」大家的鼓掌聲更響了。

「不，這是我們的一百零一首，不能再獻醜了。我們大家來唱吧！我們來唱中國歌，我現在就是看外國的東西不順眼。我們來唱〈滿江紅〉、〈天倫歌〉、〈長城謠〉、〈茉莉花〉好嗎？」他興致勃勃的說。

可惜，這家庭合唱會並不怎麼成功。有些歌他不會彈，有些歌他們不會唱。在經過幾次挫折之後，他也累了，其他的人就乘機叫停。

小女兒拿起爸爸的茶杯去添開水，經過書房的門口，發現了爸爸正在寫的字，放下茶杯，就去拿出來給大家欣賞。

「爸爸寫的字好棒啊！什麼時候送一幅給我們掛掛嘛！」大女兒說。

「那我們也要一幅。」媳婦也立刻跟進，不甘後人。

「好！好！一家一幅，絕不食言。」有人欣賞他的字，雖然是自己的子女，胡老也覺異常高興，忍不住呵呵大笑起來。

「爸爸，你這一幅字雖然寫得很好，但是語氣未免太悲觀一點，什麼鏡中衰鬢已先斑嘛，你看來還年輕得很哪！」他的小女兒雖然已經身為人師，但是在父母跟前還是個喜歡撒嬌的小女孩，此刻，她又靠到爸爸身上，撒嬌地說：「你要寫放翁的詩，為什麼不寫『壯心無復在千里，老氣尚能横九州』呢？」

「對！對！你不愧是個中文系畢業的學生，放翁詩背得那麼熟。你說得很對，下次我就要寫這一首。」胡老伸手摟住女兒，父女兩人笑作一團。

「爸爸媽媽其實一點也不老。現代人的人生始於七十，你們的人生還沒有開始，老什麼？」生性比較沉默的兒子也開口了。

「我覺得爸爸真了不起！又會書法又為彈琴，這兩門藝術會不會彼此衝突呢？」媳婦對公公還不太瞭解，她提出了這個問題。

胡老又是一陣呵呵大笑。「寫毛筆字是我的一技之長，我靠它謀生，也靠它美化我的人生。至於彈琴，我只是門外漢，是幾十年前的一點小嗜好，可說此調不彈久矣。今天，你們送我這部音風琴，我才得以舊調重彈。以後，我的精神生活會更加豐盛。寫字與彈琴，是並行不悖的啊！」

胡老環視四周，他有一個體貼的妻子，一群孝順的兒女和活潑可愛的孫兒；他身體健朗，衣食無憂；公餘之暇，還可以練練字、彈彈琴。人生到此，復有何求？真是「自笑丹心依舊在，白髮將如老去何」啊！他又想起了放翁這意氣飛揚、瀟脫豪邁的兩句詩。

（中央副刊）

在山泉水清

中午，是這個辦公廳最清靜的時候。秘書小姐王安琪跟男朋友約會去了，吳秘書跟幾個男同事尋樂去了。助理小馬正在會議室裡關門大睡。現在，只剩下駱大姐在打毛線，孫韻如在無聊的翻著報紙。

「小孫，你認為你的決定是對的嗎？」沉默得太久了，駱大姐覺得有點不對勁。此刻，她抬起了頭，關心地望著坐在她對面的孫韻如問。

「我認為是對的。反正我的辭呈已經送去，義無反顧的了。」孫韻如也從報紙上抬起了頭。她是個樸素無華的少女，雖然已經出來做事了，但她還是脂粉不施，留著一頭垂肩的直髮。

「你真是寧願到鄉下去教書？」駱大姐又問。

「大姐，你認為到鄉下去教書那麼糟？不認為我應該離開這個可怕的地方？」孫韻如反問她。

「我不是這個意思。我是擔心妳一個人跑到陌生的地方去。」

「我已經夠大了，我覺得我應該出去闖闖，磨練磨練的。別人還跑到國外去哪！我只不過是到山地鄉去，算得了什麼呢？」

「小孫，你真不錯，我女兒明年就大學畢業了，還要我替她洗衣服。」

「那是你女兒好福氣，有好媽媽照顧。那像我——」孫韻如說到這裡，聲音變得有點哽咽。

駱大姐知道自己說錯了話，窘得手足無措起來，只知道一個勁的叫：「小孫！小孫！」

「駱大姐，沒有關係的。」孫韻如倒反過來安慰她。「你真好！你知道嗎？我差不多是把你當作是自己的媽媽看待的。若是沒有你，我怎能在這裡待上一年這麼久？說真的，我很捨不得你哩！」

駱大姐難過得拿出手帕來擦眼睛、擤鼻涕。孫韻如卻想起了一年前的往事。

一個孤兒院出身，無親無故的女孩子，大學一畢業，便非得馬上找到工作不可。孫韻如唸的是社會學系，比較冷門，很擔心職業沒有著落。所以一考完畢業試就天天在報紙的分類廣告上找。很幸運地，第三天便看到一家著名的建築公司招考英文打字員的廣告。她早已知道自己唸的學系不易找事，早就學會了英文打字，而且速度相當快，也很準確，她立刻去報了名。考試那天，同時去應考的有十個人。這十個人，據說是從三百多個報名者裡挑出來的，通通是大學畢業，也通通未婚，有些已有幾年的經驗。孫韻如以為自己沒有甚麼希望，想不到卻錄取了。

負責招考的人事主任告訴她，她不但打字成績最好，而且學歷也好，那份自傳又寫得最流暢（她想：可能是自己淒涼的身世打動了他們吧），所以，他們決定錄用她，先試用三個月，期滿再正式錄用。

因為她急需工作，也就不在乎打字員的職位是否低了一點，馬上接受了。她原來是跟一個女同學合租一間房間同住的。現在，那個同學回家去了，她就一個人租了下來。她有工作了，以後，這個小小的房間便是她的「家」。

上班的第一天，她還是穿著平日上課穿著的襯衫和裙子。人事主任把她帶到秘書室去，介紹給室中的同事。

那個塗著藍色眼皮、短短的頭髮像一隻碗蓋在頭上的時髦女郎是英文秘書王小姐，她大剌剌地坐著不動，只是皮笑肉不笑地朝她點點頭。那個戴著副黑框眼鏡，穿著真絲運動衫的中年男士是中文秘書吳先生，他從椅上微微欠身，向她說了聲好。那個微胖的中年女士駱大姐，是負責中文打字的。駱大姐站起身來，微著說：「孫小姐，歡迎你。」那個年輕的男孩子小馬，是助理秘書，也站起身來，很有禮貌的說：「孫小姐，妳好！」

就這樣，她加入了這家建築公司的秘書室，坐在駱大姐對面。一人一部打字機放在桌子上。

人事主任也帶她去見過總經理。這個總經理並不是她想像中肥頭大耳、大腹便便的樣子，而是又瘦又矮又黑，假使他不是穿考究的西裝，簡直就像是個鄉下的老頭兒。他大模大樣地坐在一張巨型的辦公桌後面，相形之下，他的個子顯得更小了。但是，當他們進來時，他驕傲得連眼皮也不抬一下。

「報告總經理，這是剛考進來的英文打字員孫小姐。」人事主任長得又高又大，派頭也很夠。可是，他在總經理面前，卻裝出一副卑躬屈膝的樣子。

「唔。」總經理在喉嚨裡應了一聲，這才抬起來向站在辦公桌前的孫韻如上下打量著，他的眼睛很小、很深，深得使人看不到裡面的表情。

「你是那一間學校畢業的？」總經理開了腔。他的聲音沙啞而高亢，像是敲響一面破鑼。

「T大。」孫韻如回答。

「捂，不錯，聽說你打字的成績還可以，可是沒有工作經驗，你以後要好好學習。英文秘書王小姐的英文程度很好，你要跟她多學習，知道嗎？」總經理的一雙眼睛繼續在孫韻如身上打量，直把她看得全身發毛。

「是。」她小聲的回答。

靜默了一會兒，人事主任滿臉堆起了諂笑的問：

「總經理還有什麼吩咐沒有？」

「沒有事了。」

人事主任雙足併攏，向辦公桌後比他矮了一個頭的人鞠了一個躬，然後小聲吩咐孫韻如跟他一起出去。

剛才那一幕，使得剛進社會的孫韻如在心裡起了很大的疑問：做總經理的人為什麼就要端架子？做下屬的為什麼要那樣卑躬屈節？我們是憑自己的本事出來賺錢的，而並不是靠逢迎之術的呀！

這一天，她完全沒有工作。過去，英文打字工作是由王小姐兼任的，現在，王小姐就等於是她的頂頭上司。王小姐拿出一份卷宗給她，叫她先看看，也可以瞭解瞭解公司裡的業務。

孫韻如把卷宗裡的公事一份份細看。她發現：發出去的英文信有許多地方文法錯誤，有些字也拼錯了。她想：下一次她叫我打字，如果有錯誤，我就要偷偷改過來。把這樣的信發出去，不但丟了公司的臉，也丟了我們中國人的臉。她唸的雖是社會學系，但是她對英文很有興趣，常去外文系旁聽，平常又經常閱讀英文書報，所以她的英文程度要比一般不唸外文系的學生要高一點。

那位負責中文信的吳秘書也沒有什麼工作。只見他不是翹著二郎腿看報，就是跟王小姐聊天。還不時的使喚工友替他倒茶、買香煙。

小馬是沒有固定工作的，是王、吳兩名秘書的助理。一會兒聽見王小姐嗲聲嗲氣的說：「小馬，給我查一查××公司張董事長的地址和電話號碼。」一會兒又聽見吳秘書說：「喂！

小馬，到會計室去看看我的加班費的傳票做好了沒有。」聽說，小馬也是個大學畢業生，為什麼他甘心做這種聽人使喚、高級工友般的工作呢？這也是孫韻如想不透的問題。

駱大姐是最忙的一個，每一個部門的公文都送過來給她打字，她桌上待打的公事永遠堆得滿滿的，她的一雙手也永遠不能休息。駱大姐已是個中年人了，孫韻如看見她這樣勞累，很想為她分勞。但是，她不會用中文打字機，也沒有辦法。

駱大姐對孫韻如十分慈祥。孫韻如從來沒有享受過母愛，在內心深處，竟渴望她就是自己的媽媽。中午，駱大姐帶孫韻如到公司樓下的飯堂去吃客飯，還邀了小馬同桌，三個人一起吃。這一頓，是駱大姐請客，她說是為了歡迎孫韻如。

飯後，小馬躲到會議室裡去睡覺。他說生平無所好，只有睡覺是他最大的享受。駱大姐告訴孫韻如，小馬家裡環境不好，父親生病，弟弟妹妹一大群，只靠她母親在工廠做工養活。小馬從高中起就半工半讀，自己維持自己的生活；現在，他還必須把薪水的大部分交給母親。因此，這份工作雖然並不盡如人意；不過，在沒有找到更好的工作之前，他還是得做下去的。

駱大姐又說王小姐是美國學校畢業的，英文頂呱呱，全公司裡沒有一個人比得上她所以，她一進來就變成公司裡的紅人，聽說她的薪水比吳秘書高出三分之一哩！不過，吳秘書也是來頭不小的人物，他是董事長的親家母的內侄。因此，雖然他不學無術，在公司裡還是挺吃得開的！

「公司裡情形複雜得很。不過，你是考進來的、你憑你的本事工作，其他的就別管了。」駱大姐最後又加了一句。才上了一天班，看到的、聽到的，都是她以前沒有想到過的，孫韻如覺得這個社會真是有點可怕。

上班後的第三天，有一個高高的、胖胖的、穿著高級西服，口咬雪茄的中年男人走進秘書室。這個人一出現，王小姐、吳秘書、小馬和駱大姐立刻都必恭必敬地站了起來。孫韻如不明就裡，只好也跟著起立。

那個人派頭十足地對每個人隨隨便便的看了一眼，然後走到孫韻如面前，用兩隻肥肥的手指把口中的雪茄煙拿下，衝著孫韻如噴出一口嗆人的濃煙。

「你就是新來的打字員？」他問。

孫韻如不知道這個人是誰，又被他的煙嗆得咳嗽不止，就用點頭來代替回答。

「我跟你說話你聽見了沒有？」那個人皺著眉又問。

「小孫，董事長在問你話。」孫韻如還在咳嗽，駱大姐急得不得了，只好插嘴。

孫韻如詫異地望著那個突然出現的董事長，用手掩住嘴巴，邊咳邊勉強回答：「我就是。」

「好，你以後要好好跟王小姐學習。」董事長說著又轉向王小姐：「安琪，聽說這孩子成績不錯，你要多教他。嗯！」

「是的，董事長。」王小姐恭敬地回答，跟平日的態度完全不同。

「好，好，你們坐。」董事長作了一個和藹的微笑，又噴了一口濃煙，這才施施然走了出去。

「你真笨，怎會連董事長都不認識？」王小姐馬上毫不客氣的指責孫韻如。

「我又沒有見過他，怎麼知道？」孫韻如不服氣的回他一句。

「說你笨就是笨。你沒見過他，從我們的舉動看來也應該知道他是個大人物吧，為什麼不回答他的話？」王小姐還不放鬆。

「我不是不回答，是因為被他的煙嗆得說不出話來嘛？」孫韻如也在據理力爭。

「沒有關係，你不想幹就不回答好了。年紀小小的，脾氣可挺大的啊！」王小姐哼了一聲，翻著白眼，兩片紅唇噘得高高的。

「王小姐，不是我多事，小孫又沒發什麼脾氣，她剛出來做事，你就少說她兩句好啦！」駱大姐忍不住在旁插了嘴。

「喲！」王小姐怪聲怪氣地叫了起來。「老娘倒要你管？打字員管秘書，這是那門子的規矩呀？」

「我怎敢管你？大秘書！我只是看小孫可憐而已。」駱大姐忍著怒氣說。

當不起啊！」

「她可憐，我就不可憐？她這樣子不懂禮貌，要是董事長說我領導無方，這個罪名我可擔

「王小姐少說兩句算了。我請客，大家握手言歡，好嗎？」吳秘書熱鬧看夠了，就出面充作和事老。他用力按叫人鈴，按了半天沒有看到工友來，就罵：「人都死到哪裡去了？」

「我去買算了。有得吃，寧願跑跑腿。」小馬自告奮勇站了起來。吳秘書拿了一張五十元的鈔票交給他，叫他去買五杯冰淇淋。

冰淇淋買回來，小馬在每個人的桌上放一杯。孫韻如的喉頭梗塞著，眼淚一直在眼眶裡打轉。她知道自己絕對食不下嚥的，就偷偷把自己的那一份放到小馬桌上。

經過了這一幕，孫韻如心裡想：這份職業大概完蛋了，頂頭上司對自己印象這樣壞，還混得下去嗎？她準備再從報上的人事小廣告中找尋自己的出路。

可是，說也奇怪，第二天見了面，王小姐竟若無其事的誇讚孫韻如身上的襯衫花色好看。到了中午沒有人在旁的時候，孫韻如問駱大姐這是什麼一回事。駱大姐說王安琪就是這個樣子，一張嘴很討厭，不過心眼不壞，不會害人的。「十三點一個。」這是駱大姐對王安琪所下的評語。

轉眼，孫韻如上班半個多月了。她每天的工作無非是替王小姐整理國外通訊卡，打打請帖之類，很清閒，也很無聊。有一天，王小姐交給她一封英文信稿，叫她照著打。那是董事

長的私人信，內容是邀請對方到臺灣觀光，而那個人也是建築界的同行。這封信已經由董事長過目。

孫韻如看了一遍，發現有一句應該用過去分詞，而原稿只用過去式；又有一個字用得不妥。她想：我要是當面說她錯了，她一定會老羞成怒。不如暗暗改過來，說不定她心裡就會明白。

於是，孫韻如在打字時就給她改正了。打好以後，送還給王安琪。王安琪讀了一遍，不說什麼，又還給她，用一隻塗著血紅蔻丹的手指指了她改過的兩個地方說：「這兩個地方打錯了，再打一遍！」

「可是，王小姐，這兩個字不太妥當。」

「什麼？英文秘書是你還是我？董事長已經批過了，錯了難道他不懂？只有你懂？你是想搶我的職位不是？告訴你，你熬十年打字員再說吧！你看駱大姐，她做了多少年中文打字員了，人家會不會說吳秘書的稿子擬錯？你，一個剛出校門的黃毛丫頭，不要自視太高好不好？快點再打一遍，等著要寄出的。」王安琪的話像連珠炮般響個不停，孫韻如只好用沉默來抵抗。她打定主意，以後不管那些信稿再錯成什麼樣子，她絕對不再改了。可是，那多違背自己的良心呀！我處世的原則是對事不對人，錯而不改，該多難受！

她承認王安琪的英語能力很好。她用英語打電話和外國商人談生意時，的確是道地而流利。當然，那是因為她出身美國學校的關係。也許，流利的英語會話，正是她工作上最重要的條件。她到底是我的上司，我憑什麼改她的信稿呢？

孫韻學「乖」了，開始學到如何去昧著良心了，這就是她進入社會所學到的一個大教訓。儘管她以後不再跟王安琪發生衝突，但是她的內心是痛苦的。她覺得自己在這個商業機構中顯得格格不入。她看不慣王安琪的妖冶打扮與自大的作風；討厭人事主任的卑躬屈節和吳秘書的作威作福；也為小馬和駱大姐的毫無性格感到可憐。一年來，她除了學會了一些英文商業信的套語外，並沒有學到其他的東西，而成人社會的醜態倒看了不少。她想：再待下去我一定會發瘋的。還好，我現在就要離開這醜惡的地方了。

「駱大姐，你以後會寫信給我嗎？」想到這裡，孫韻如又問。小時候，她聽孤兒院的院長說，她是被她的父母棄在孤兒院門口的，身上附了一張寫著她的姓名和出生年月日的字條，除此以外，她的父母是誰，是什麼地方人，全不知道。現在，她的身分證上，父母欄都寫著「不詳」。籍貫寫臺北市，因為收容她的孤兒院是在臺北市，那時她的年齡是一個月零一天。從前，她常常為自己「來歷不明」而暗暗飲泣。不過，自從她一面當家教一面上大學以後，她變得堅強多了。她知道哭泣和自憐是沒有用的，努力去充實自己的生命，使人生過得有意義，那才是自己需要去做的事。除了同學以外，她沒有什麼朋友，對駱大姐，真是依依不捨。

「當然會，不過你要先寫信來呀！小孫，你怎會忽然想到要去那裡的？」駱大姐說。

「我不是忽然想去的，我有這個心願已經很久了。現在的大學畢業生不是一窩蜂往國外跑，就是擠在大都市裡。鄉下都沒有人肯去，更別說山地了。我孑然一身，無牽無掛，該是獻身給山地教育最理想的人選。我曾經把我的意思告訴我的一位老師，他就為我留意。現在，機會來了，霧社並不太遠，不是挺理想的嗎？」

「你是不是因為討厭這個地方才走的？小孫。」

「我說過不是的。我固然討厭這個地方；可是，假使我沒有別的機會，我還是要待下去的。而一有了這個機會，就算我現在這份工作很理想，我也照樣不幹的。」孫韻如斬釘截鐵的說。

「也許我書讀得不多，也許我不太瞭解年輕人。不過，我知道你的選擇是對的。真的，我很欣賞你，也很喜歡你，你是個有見識而能幹的孩子，比起那些在父母翼卵下，在溫室裡長大的，你不知強了多少倍。我相信，以你的才幹和理想，一定會成為一個好教師的。我祝福你。」隔著桌子，駱大姐伸過手來跟孫韻如緊緊相握。

幾天之後，孫韻如的辭呈批下了來，當然是一個「准」字。一個打字員的去留，是無足輕重的。為了禮貌，孫韻如去向人事主任辭行，人事主任只是淡淡地跟她說了聲「再見」，請她以後隨時來玩。至於那位只見過一面，噴了她一臉濃煙的董事長，還有那個目光深沉得怕人的總經理，她自知沒有資格去打攪，就免了。同室的幾個人，王安琪和吳秘書總算虛假地跟她客套了一番。駱大姐和小馬送她到大門口。駱大姐本來還堅持要送火車的，但是孫韻如不肯說出開行的時間，臨別時，兩個人緊緊地握著手，都流出了眼淚。

第二天，孫韻如就坐上了開往臺中的火車。一路上，她的心情愉快而興奮。她開始幻想自己在櫻花盛開的霧社山中，與一群天真活潑的山地少年相處的歡樂。她這次是去教國中的國文，雖然不是她的本行；但是，她覺得這正是一種有意義的社會工作，她立下決心，不但要盡量貢獻出自己的所學，而且還要付出全部的愛心。她無親無故，又還沒有男朋友，一顆心還是完完整整的。

記得從前讀過兩句古詩：「在山泉水清，出山泉水濁。」不幸，她有過一年「出山」的經驗；現在，她要回到山裡去，永遠做一道清泉。

（青副新文藝）

不是奇蹟

每逢星期日上午，坐在公園裡看小孩子們玩耍，二十年來，已成為魏秋芙生活上的習慣，也成為她生命的一部分。

有時，她聽見稚嫩的童音在叫：「大姐姐！大姐姐！」就會緊張地轉過頭去，以為是自己的弟弟或者妹妹在叫她。等她發現在叫大姐姐的孩子是陌生的，這才省悟到她的弟弟秋芃早已長大成人，遠適異國，而她的妹妹秋萍也已為人之母，時光已流逝了二十年。

這時，她就會悠悠地嘆一口氣，同時下意識地低頭注視自己那雙粗糙露筋的、像老婦人一樣的手。這雙手，就是她侍奉生病的父親和撫育兩個弟妹的里程碑，雖然她並無怨尤；不過，要不是為了這些年來的操勞，她不應該有著一雙這麼蒼老的手的，她才不過三十多歲啊！

一個年輕的母親推著一部嬰兒車走過。車子裡的嬰兒不斷地揮動著小手，嘴裡也咿咿呀呀的叫著，非常可愛。魏秋芙情不自禁的對著嬰兒微笑起來，她想起了剛來臺灣的頭一年，她母親也曾經推著一部竹製的嬰兒車帶她和秋芃到公園裡去玩，坐在車子裡的是秋萍。她的母親很美麗，三個孩子也很可愛，常常博得公園裡的遊人讚美。誰知道，兩年多以後，母親竟被一種奇怪的病奪去了生命。那時，秋芙只有八九歲，根本不知道那是什麼病，等到她知道要問父親時，父親也已不在人間了。那真可說是秋芙終生的憾事。

一對情侶偎依著從她面前走過。兩個人有說有笑的，面上都洋溢著幸福的表情。魏秋芙又在心中暗暗嘆了一口氣。她想：她這一生大概不會嘗到愛情的滋味了。年輕的時候，她沒有空去談愛，也沒有勇氣去接受愛。現在，父母都已逝世，弟妹也不在身邊，幾乎是剩下孑然一身，她渴望著愛情的滋潤，也希望享受到異性的溫存；可是，如今她是個面貌平庸、雙手粗糙的老小姐了，誰會看上她呢？

又有幾個穿著時髦的雙十年華少女走過。她也曾像她們一樣年輕過；然而，那個時候的她，根本沒有打扮的機會。她白天要到學校去教書，晚上回來要燒飯、洗衣、侍候父親、督促弟妹做功課。她每天晚上都要到十二點才能上床，第二天五點半就得起床做早餐，準備自己和弟弟妹妹的飯盒以及父親的中飯。長期的操勞以及睡眠不足，使她看來比自己的年齡老了許多，還不到三十歲的時候，她到菜場買菜，就有小販叫她「歐巴桑」。

經過了恁些年的艱辛與奮鬥，猶如一艘曾經從激流與險灘中掙扎出來的小舟，忽然到了波平浪靜的河面。驚險過去了，前面都是坦途；但是，卻已漸近下游。她現在無牽無罣的了，不過，她卻時時感到空虛，沒有指望，人生似也走到尾聲。

今天天氣很好，沒有風，晴朗而暖和。河邊這個小小的公園裡，到處都擠滿了遊人，愉快的笑聲充溢在金色的陽光下，飄揚在綠樹和草坪間。遠遠望去，碧波粼粼的河面上有幾隻白鷺在低飛。好一幅和煦的冬景，好一個歡樂的人間！魏秋芙似乎也感染了他們的喜悅，分享了他們的幸福而忘卻了自己身世的坎坷。這就是她每個星期日都要到公園（每搬一次家，她就去不同的公園）來的原因，置身在人群中（她可不喜歡到大街上、電影院或百貨公司中去擠），有時可以忘記了自己的孤獨。同時，她還要在公園中重溫舊夢。母親去世後，帶弟弟妹妹到公園中玩耍便變成了她的任務。她比秋芃大五歲，比秋萍大八歲，儼然一個小母親。

一個彩色的皮球滾到她的腳下。這種情形她常碰到，於是，她俯身下去，雙手把球捧起來，準備把它交還它的主人——那一定是個可愛的小朋友。她還沒抬起身子，又聽見有孩子在她附近跌倒的聲音，那一定是來追皮球的小朋友了。

她連忙把球放在椅子上，站起身去扶起那個跌倒的孩子。那是一個四五歲的小男孩，臉孔圓圓的，有一雙烏亮的大眼睛。他跌倒了，膝蓋破了一點皮，卻沒有哭。他只是站起來拍拍身上的沙土，指著椅子上的球，對魏秋芙說：

「阿姨，那是我的球。」

「對，那是你的球。看，你的手和膝蓋都弄髒了，阿姨帶你去洗一洗。」魏秋芙說。

「不要，我爸爸來了。」小男孩搖著頭說。

一個微胖的中年男人正氣咻咻的跑過來。

「這位太太，我的孩子怎麼啦？」他緊張地問。

「沒什麼，他跌倒了，我想帶他去洗乾淨，他不肯。」雖然那個人對她的稱呼使她不悅；不過，魏秋芙還是很和氣的回答，因為她覺得小男孩有點像她的弟弟秋芃。

「太謝謝你了！太太，我來替他洗好啦！」男人微笑著說。「我這孩子很頑皮，才一轉眼，就被他跑掉了。」

「小弟弟幾歲了？」魏秋芙問。

「四歲半。」小男孩趕忙搶著回答。

「他長得很像我的弟弟。」魏秋芙脫口而出。她覺得小男孩就像當年她帶著到公園去玩的弟弟。

「哦？太太還有這樣小的弟弟？」男人奇怪地問。

「我的意思是說他小的時候。」魏秋芙板著臉說。

「當然！當然！海兒，還不謝謝這位媽媽，我們走哪！」男人說。

「謝謝媽媽！再見！」小男孩把皮球抱著，伸出一隻沾滿沙土的小手向她揮動了兩下。

「不要叫我媽媽！」魏秋芙沉聲喝道。

小男孩嚇得呆住。

「對不起！太太，因為我還沒有請教尊姓。我以為現在一般人都流行稱呼某媽媽某媽媽的嘛！」男人滿臉惶恐的向她解釋。

「也不要叫我太太。」魏秋芙由於一種近乎自卑的心理在作祟，因而變得有點蠻橫無理。

「那麼，我該怎麼稱呼您呢？」男人又小心翼翼的問。

「算了，我們又不認識，我為什麼要你稱呼我？趕快帶小弟去洗乾淨吧！嗯！」魏秋芙把臉別轉過去，不想再看那個像她弟弟的小男孩。

「好的，再見！」男人向她微微一鞠躬，牽著孩子走了。

不知怎的，自從遇到這個小男孩以後，魏秋芙的心裡就無法平靜下來。她老是想到遠在異國、已經成家立業的弟弟，想起他小時候的可愛模樣。她也想到死去了的父親，而且竟然覺得那小男孩的爸爸跟自己的父親也有幾分相似。起碼，都是微胖的中年人。父親去世時也差不多是這樣的年紀，他喜歡喝酒，不幸因此而得了半身不遂，後來，卻是死於心臟病。父親脾氣很好，說話慢慢的，對人很有禮貌，而那個男人也一樣。

那天的夜裡，魏秋芙做了一個夢。她夢見自己跟父親各牽著弟弟的一隻手在公園裡散步。一會兒，父親變成那個男人，弟弟變成了那個小男孩，而自己又變成了母親。醒來以後，她感到很難為情，為什麼在夢裡會想到一個陌生人呢？但是，往後幾天她還是忍不住會想到那對父子。到了下一個星期日的上午，她買了一包糖果帶到公園去，還是坐在老地方，希望再碰到他們。她覺得自己上次對那個小男孩太「兇」了，她要補償。

然而，她在公園裡等了一個上午還沒有看到他們出現。那兩天，天氣變冷，公園裡遊人比較少。她想：也許他們怕冷不出來了。要不然，就是住在別處的人，只是偶然的來玩。

握著那包糖果，她竟有著悵惘之感。喝了半天的西北風，她再也熬不住，就離開公園，準備回家。

在她所住弄口的西藥房門口，意外的碰到了小男孩的爸爸。他的手中拿著一包藥，臉上隱隱有著憂色。看見了她，禮貌地微微彎了彎腰，只說了一聲：「你好！」

「你好！小弟弟沒有跟你一道出來？」壓抑住內心的驚喜，她用大方而親切的口吻跟他說話。

「我兒子感冒了，在發燒，我現在就是出來替他買藥。」男人說，還揚了揚手中的藥包。

「啊！熱度高不高？感冒最好不要吃成藥。」她著急地說。這一方面，她懂得真不少。

「是嗎？我也不懂。孩子的媽去世得早，家裡又沒老人家，我是胡亂把他帶大的。」

「你們住在哪裡？」她問。

「就在二十弄四號。」

「這樣好了，我去看看小弟弟，也許我知道該給他吃什麼藥。」原來是住在同一條巷子的鄰居，大概是新搬來的吧？怎麼以前沒見過面呢？她想。

「那太謝謝你了！小姐貴姓？」男人像遇到了救星似的，又再向她鞠了一躬，他沒有忘記她叫他不要稱她為太太。

「我姓魏。先生呢？」

「敝姓秦，我叫秦可風。」

兩人走向二十弄，那裡兩列都是新蓋的小公寓，小得像鴿子籠。魏秋芙住在三弄的一層三樓上，她在這裡分租了一個房間。房間並不太理想，因為距離學校近，反正單身一個，也就無所謂。到了秦可風的家，他先掏出鑰匙開了門，然後側身讓魏秋芙進去。雖然是樓下，卻沒有院落，一進門就是客廳。客廳裡只有一套沙發和一張吃飯桌，佈置很簡單，連電視機也沒有，看得出主人生活的簡樸。

「魏小姐，海兒在房間裡。」秦可風說著，便走到前面引路。

房間也是小小的，擺著兩張單人床，兩床之間一張書桌，靠牆只有一個衣櫥，此外便什麼也沒有了。

小男孩躺在其中一張床上，睡得昏昏沉沉的，小臉蛋通紅通紅。魏秋芙伸手去摸摸他的額頭，是有點兒燙，熱度不算太高。她問：

「什麼時候開始的？」

「就是昨天晚上嘛！昨天，天氣忽然寒冷，我在公司裡加班，沒辦法給他加衣服，他就穿著一件單衣在外面跟鄰居的孩子玩，一定是那個時候受涼的，到了晚上，他就說不舒服，不吃飯就去睡覺了。」秦可風搓著雙手說，一副自疚的樣子。

「唔，是剛開始的比較好辦，你們家裡有薑和蔥嗎？」魏秋芙問。

「好像有一點點。」秦可風想了一想說。

「一點點不夠。紅糖呢？大概也沒有吧？」

「沒有。」

「那我去買，我馬上再來。」

「魏小姐，那怎麼好意思？我去買。」

「那有什麼關係？弄口雜貨店就買得到了。」魏秋芙說著，不等他回答，就走了出去。

魏秋芙到弄口的雜貨店買了半斤紅糖、一塊老薑和一把蔥，回到秦可風的家裡，就在他那狹小的廚房中燒開水，替海兒做薑蔥湯。這個方子是她母親在世時常常採用的。後來，她的弟弟妹妹感冒，她也沿用這個辦法，而且每次都奏效。燒好了，捧到房間裡，告訴秦可風把海兒叫醒，趁熱給他喝，讓他出一身汗，大概就會好。

她怕海兒醒來看見她不自在，把那包糖果放下，趁秦可風俯身喚醒兒子的時候，就悄悄退了出去。

這一天，她感到內心很快樂，很充實，因為她幫助了一個人。

以後，她又開始惦罣海兒的病不知道好了沒有，她不想到他家去，就常常在弄子裡出出進進，真希望碰到他們父子，可是卻一次也沒有碰到。

星期天，又是一個好天氣的日子。她早早便到公園去，還帶了一本圖畫書，她相信秦可風父子今天一定會來。

果然，還沒有走到她的老地方，遠遠就看見秦可風坐在她常坐的椅子上，海兒在旁邊拍皮球。

秦可風看見她走過來，連忙站起來，滿臉堆笑的說：

「魏小姐早！」

「秦先生早！」她也含笑著回禮。

「海兒，還不趕快來謝謝阿姨？阿姨那天替你沖薑蔥湯，醫好了你的感冒，還送你糖果。」秦可風對兒子說。

「謝謝阿姨！」海兒捧著球跑過來，他的圓臉似乎變得有點橢圓了。

「海兒完全好了吧？」魏秋芙問。

「完全好了，真是謝謝魏小姐！那天您走了，我想到府上答謝，但是又不知您住在那裡，心裡真是過意不去。我想您大概還會到公園來的，所以就在這裡等候了。」秦可風說。

「謝什麼呢？一點小事。」魏秋芙坐下來，從皮包裡拿出那本圖畫書，對海兒說：「小弟，來，阿姨這本書送給你。」

海兒跳蹦蹦的跑過去，挨在魏秋芙身邊，魏秋芙順勢就摟著他，兩個人一起翻著那本書。她因為久已沒有人跟她這樣親近而感到一陣激動。

「好漂亮的圖畫啊！哈！一隻穿裙子的小貓！」海兒開心地叫著。

「海兒喜歡，阿姨以後常常買圖畫書給你，好嗎？」

「好！」

「不，魏小姐，千萬使不得，這樣會寵壞海兒的。」秦可風站在兒子背後這樣說。

「這有什麼關係呢？我很喜歡孩子，尤其是跟海兒有緣，一看見便喜歡他了，偶然送他一本小書，算不了什麼嘛！」

「這樣好了，魏小姐，我本來就這樣想，可是不敢說出來。現在，魏小姐既然這樣喜歡海兒，我想說出來也沒有關係。為了答謝您對海兒的愛護，今天中午，我請魏小姐到外面去吃便飯好麼？」

「這……」魏秋芙在沉吟著。她願意有人跟她一起吃飯，但是又不能不稍作矜持。

「阿姨，去嘛！我喜歡阿姨跟我們一起去。」海兒也在懇求。

「魏小姐，不要讓孩子失望好嗎？」秦可風又敦促著。

「好吧！不過你要答應我下次請你們。」魏秋芙乘機也就答應了。

海兒聽見阿姨答應了，高興得直拍手。看完圖畫書，他又跳蹦蹦的去玩他的皮球。魏秋芙不好意思讓秦可風老站著，只好請他在她旁邊坐下。

秦可風告訴她，他在一個私人機構裡工作，海兒的母親不幸因為難產而死。幾年來，他父兼母職，往往感到身心交瘁，尤其是遇到孩子生病，他更是手足無措。這一次，要不是得到她熱心相助，海兒的病還不知道要拖多久呢？

「我覺得：現在的女性都只知道追求外在美，拚命打扮自己，像魏小姐這樣樸素無華、勇於助人的，真是不多見哩！」末了，秦可風還加了這一句按語。

「哪裡？這又怎麼談得上助人呢？」魏秋芙謙遜地說。

「我相信魏小姐一定是位職業婦女，是嗎？」秦可風問。

「是的，我是一個小學教師。」

魏秋芙沉痛地想：我豈是以一個小學教師就滿足的人？但是，父親生病，不能工作，我身為長女，只有想辦法減輕父親負擔，早日外出工作，於是，就只好讀師範了。幸虧自己喜歡孩子，多年來倒也能夠敬業樂群。如今，雖然不敢說桃李滿天下，不過有些學生的確有了相當的成就，那倒是真的。不過，那已耗盡了我全部的青春了啊！

「魏小姐看起來真是像個老師哩！」秦可風說。

是嗎？是因為我鼻樑上的近視眼鏡？是因為我不合時宜的打扮？還是因為我一副老小姐模

樣？魏秋芙悲哀地這樣想。

魏秋芙和秦可風一人牽著海兒一隻手，慢慢走向一家北方館子。在旁人眼中，他們就像一對結婚多年的夫婦。由於海兒的活潑可愛，這一頓飯吃得很愉快，兩個人也得以毫無拘束與尷尬之感。

飯後，三個人又一起走回住處。魏秋芙雖然已把自己的門牌告訴了秦可風，不過，她也補充了一句，說自己只租了一個房間。不方便接待客人，暗示他不要造訪。最後，她說：

「謝謝你的招待了，秦先生。下星期日我要請海兒到動物園去玩，還請你們吃中飯。我們還是在公園會面好嗎？」

海兒高興地拍手叫好。秦可風卻說：

「怎好意思叨擾魏小姐？我來作東好了。」

「那樣我就不去了。」魏秋芙堅持著說。

秦可風只好同意。

從此以後，他們兩個人每隔一個星期輪流作東，也就是每個星期日都在一起消磨大半天。魏秋芙不再那麼鬱鬱寡歡了，她越來越喜歡海兒，常常買小禮物給他。海兒也很喜歡這位阿姨，除了父親之外，她就是他最親近的人了。交了這樣一位女朋友，秦可風更是喜上眉梢。

快到舊曆年底的時候，有一個星期日，他們如常在公園裡會面。魏秋芙發現秦可風的面色凝重，不像平日的有說有笑。現在，他們已到了無所不談的程度了，她就問：

「秦先生，我看得出你有心事，是不是？」

秦可風望了她一眼，似乎欲言又止。

海兒卻拉著魏秋芙的手，仰著頭說：「阿姨，爸爸剛才在家裡哭了。」

「真的？為什麼呢？」魏秋芙大感驚訝。

「海兒，你去玩，爸爸要跟阿姨說話。」秦可風支開了孩子，然後對魏秋芙說：「昨天，我收到香港一位親戚的信，說我母親在大陸的家鄉病死了，而且，那已是半年前的事，那位親戚也是輾轉聽來的。」

「啊！這麼遲才知道，也難怪你難過的。」

「我離開家鄉的時候，還是個十幾歲的孩子。母親一把眼淚一把鼻涕地送我出門，要我快點回去。誰知道一別廿八年，從此就不能再見一面呢？這些年，她在家鄉受苦，我既不能寄錢去接濟，也沒有辦法通信，她老人家去世我又不知道，我真是不孝極了。」秦可風說著，不免又是一陣唏噓。

「跟你情形一樣的人多的是，你也不必太傷心了。秦先生。」魏秋芙這樣的安慰他。

「可是，別人在這裡另外有溫暖的家呀！那像我這樣可憐，一個大男人守著個毛孩子？」

秦可風跌坐在一張椅子上，雙手抱著頭。

魏秋芙訕訕地站在一旁，不知道該說什麼好。秦可風卻已放下雙手，抬起頭來，一雙眼睛深情地望著她。

「魏小姐，我知道你很疼海兒，你——你願意——做他的——」他訥訥地說不出話來，一張臉也脹得通紅。

魏秋芙的心一陣狂跳，她假裝不解地問：

「做——做他的——什麼？」

「做他的媽。」秦可風站起來，很快的說了，然後別過臉去，又喃喃的說：「你罵我好了，我知道我配不上你。我太老，沒有錢，沒有學問，沒有小姐會看得上我的。」

「可風，」她因為興奮和愉快，脫口而出的就叫了他的名字。「你在說什麼？你以為我是那些虛榮的女子？」

「秋芙，你答應我了？」他迅速的轉過身來，微胖的臉上煥發著喜悅的光輝。

「你知道嗎？我以為永遠不會有人向我求婚了，我年齡不小，人又長得不好看。遇到了你和海兒，真是一項奇蹟哩！」魏秋芙低著頭嬌羞地回答。

「不！這不是奇蹟！在我的眼中，你是世界上最美麗的女子，因為你有著很多美德，是你的美德吸引了我的。那次，海兒跌倒，你自動去扶起他，還要替他洗乾淨。海兒生病，你自動要替他沖薑蔥湯。然後，我又知道你怎樣犧牲自己的青春供你的弟弟妹妹上大學，而且又是一個愛學生如子女的好老師。你說，我向一位這樣完美的女性求婚，是不是太過高攀一點呢？」一向木訥寡言的秦可風，忽然滔滔地說出了這樣動聽的一番話，使得魏秋芙十分感動。

「不要忘記了你自己也是一位慈愛的父親和品行端正的君子哩！」她也回敬他兩句。

「那麼，秋芙，你說我們是不是應該立刻籌備我們的婚事，讓海兒在過年之前好有個媽媽呢？」他喜孜孜地問。

「我無所謂，你瞧著辦吧！簡簡單單就好了。」她含羞地說。

「我看我們就採取到法院公證的方式，然後請一兩桌至親好友就算了。我的屋子重新佈置一下，海兒搬到另外一間房間去就行。」說到這裡，秦可風嘆了一口氣。「秋芙，我們這樣做，我相信如果母親地下有知，也一定替我和海兒高興的。」

說到這裡，海兒一蹦一跳的回來了。

「爸爸，阿姨，我肚子餓了，快點去吃飯好嗎？」他說著，就去拉秦可風和魏秋芙的手。

「海兒，再過不到一個月，阿姨就要做你的媽媽，住到我們家裡了，你高興嗎？」秦可風笑著問他兒子。

「當然高興哪！是真的嗎？阿姨，媽媽。」海兒仰著臉問，一雙烏黑的眼睛睜得好大好大。

（中央副刊）

母親的眼淚

自從因為他生病而分床以後，他們的夫妻關係便已名存而實亡。此刻，她坐在梳妝桌刷過頭髮，以為他已經睡了，便背著他脫下身上的洋裝，換上睡袍。

他躺在床上，瞇著眼，懷著犯罪的心情，在偷看自己的妻子。他真想起來告訴她，他是怎樣的愛她，他對她的愛，依然像三十年前一樣，絲毫沒有變；只是，她為甚麼變成像石像般的冰冷呢？不過，他不敢那樣做，他甚至不敢轉身，怕她發現他在偷看，要是她知道他裝睡來偷看她更衣，她會大發雷霆，不肯罷休的。

可是，他有要緊的話跟她說，他得把握時機，等她上了床再叫她，又有得挨罵的了。白天，她忙她的工作；晚上回到家裡，也有不少的家事等著她要料理。她的確是個能幹的女性，這個家全靠她支撐著，沒有了她，他簡直不知道如何活下去。她太忙了，在她忙的時候最好不要去惹她，現在可正是唯一的機會。

看見她穿好了睡袍，正要上床的時候，他假裝咳嗽，在床上翻了一個身。

「你又咳嗽了，藥吃了沒有？」她皺著眉說。

他睜開眼睛，裝作剛醒過來的樣子，說：

「吃過了。憶湄，你還沒睡吧？我有話跟你說。」

「我睏得很，甚麼事？你自己睡了一覺，精神來了是不是？」她一面說一面熄燈上了床，用背對著他。

「翰良要結婚了。」他開門見山地說。

「你說甚麼？」她一下子跳起來翻了個身。雖然在黑暗中他還是可以感覺得出她氣虎虎的。

「我是說，我們的兒子要結婚了。」他好整以暇的說。

「誰說的？」她咬著牙問。

「翰良他自己。」

「甚麼時候？」

「就是今天晚上，你在洗澡的時候。」

「他為甚麼不告訴我？」

「他怕你不答應。」

「可惡！他以為由你轉告我就會答應。告訴他，不是我替他挑選的女孩，他別作夢！」

「冷靜一點吧！憶湄，木已成舟，你想不答應都不行了。」

憶湄一下子從床上跳了起來，扭亮了床頭燈，走過去用力地搖撼他的肩膀。

「你說木已成舟是甚麼意思？」她喘著氣問。

「那女孩已經懷孕了，咱們等著做爺爺奶奶吧！」

她放開他，頹然地坐在自己的床沿上，老半天，才從牙縫裡迸出這幾句：

「我不相信！翰良不會做出這種事來的，一定是那一個不要臉的壞女孩糾纏他而想出來的花樣，我才不會中計！」

「可是翰良口口聲聲愛她，要娶她。」

「他懂得甚麼叫愛？他還是個學生，結甚麼婚？」

「你不要忘記了，翰良年紀並不太小，已經廿七歲了。」

「那女孩是誰？是不是他的同學？」

「是他房東的女兒，只有十八歲，高商都還沒有畢業。」

「要死了，他居然愛上那些鄉下人的女兒。我明天就去找那女孩，假使真是翰良惹的禍，我們拿錢給他去墮胎，有甚麼了不得嘛！」

「不要太自信，憶湄，翰良也知道提防你這一著。他說，假使你不答應，他就只有死路一條，他要跟那女孩一起殉情。」

「渾蛋！那你怎麼跟他說？」

「我又能怎樣呢？你才是一家之主，我和翰良都得聽你的呀！我說：你先回T鎮去，我跟媽媽商量過再給你答覆。他明天早上會打電話回來的。」

憶湄這才想起剛才翰良臨走時臉色是那麼蒼白，表情是那麼憂鬱。當時，她還恨恨地想：兒子把老子的缺點全都遺傳到了：貧血、不健康、陰陽怪氣、頹廢、不振作。想不到，他竟然是擔了那麼沉重的心事。

想到這裡，憶湄不對禁兒子泛起了一絲絲憐愛。但是，這一絲絲憐愛只存在了幾秒鐘，幾秒鐘後她的理智又立刻抬頭。她把床頭燈關了，躺回床上去。

「不要再說了，我要睡了。明天一下班我就到T鎮去，這件事非馬上解決不可。」她說完了，又翻身把背向著他，準備立刻入睡；然而，這突如其來的打擊，又叫她怎睡得著？

翰良不但完全遺傳了父親的缺點：身體孱弱、怯懦、不愛讀書、不求上進；可是，也遺傳了父親的優點：善良、忠厚、溫和、面貌俊美。憶湄就是愛慕文笙的俊美而嫁給他的。

當年，她是上海一間教會大學的校花，追求她的男孩子起碼有一打。然而，讀外文的她滿腦子都是浪漫的思想，醉心的是拜倫型的詩人。趙文笙是同校哲學系四年級的學生，偶然也寫寫小詩。他長得瘦而高，皮膚比女孩子還白嫩。鼻樑上架著一副金框眼鏡，頭髮留得長長的，經常打著寬寬的紅色領結。每當他在校園中出現時，就吸引了所有女孩子的視線。她們在背後都稱他為「拜倫爵士」，也是她們夢中的白馬王子。然而，我們的拜倫爵士眼高於頂，他只看中那美麗得像小仙女般的校花伍憶湄。

俊男和美女是天生的一對，他們的戀愛順利得就像春天的溪流，毫無阻滯。卅八年，憶湄畢業了。趙家是名門望族，雖然在烽火的邊緣，文笙的父親還是給他們籌備了一次豪華的婚禮，讓他們好有一個美好的回憶。他們到臺灣來度蜜月，沒想到，來了便沒辦法回去。文笙唸的是哲學而不願意教書，可說無一技之長。在上海時，他在父親的公司掛個高級顧問名義，過著遊手好閒的生活。現在，他是一家之主了，帶來的旅費有限，用完了怎麼辦？憶湄反過來安慰他：沒有關係，我去找事，你安心在家裡寫詩好了。年輕貌美的憶湄很快便找到一份英文教師的工作；不過，她也不喜歡教書，就改到美軍顧問團去當打字員，後來又考取了一家貿易行的秘書。這家貿易行生意越做越大，現在已發展成為一個大企業，而憶湄也由起碼的小秘書升為主任秘書，成為大老闆的左右手，一日也少不了她。

從來不曾上過班的文笙倒不覺得坐在家裡讓妻子養活有甚麼丟臉。他每天看看報、抽抽煙、逛逛街，照樣可以度日。詩，早已不寫。翰良出生以後，他逗逗兒子，使憶湄無後顧之憂，就覺得厥功甚偉。幾年之後，他碰到一些同學，有人看見他賦閒在家，邀他出去一起創業，他沒有答應。後來，同學們十年有成了，為了要壯聲勢，請他擔任顧問，不必上班，每月有少許車馬費可拿，他便欣然同意。他是個天生不喜歡勞碌的人。

從小幾乎是由父親一手帶大的翰良，不但外貌和父親酷似，性格也一模一樣。他在學校裡被同學欺負，不用心聽講，成績屬於中下。這一點使得憶湄十分痛心。她自己從小學到大學，幾乎不曾考過第二名，兒子怎可以這樣不爭氣？

於是，她開始對自己的婚姻感到後悔：文笙除了有一張俊美的臉孔以外，其實是一無所長，當初自己為甚麼瞎了眼睛呢？於是，文笙的善良、忠厚與溫和，都變成顢頇、窩囊與無能，越看越有氣，越看越不順眼。

漸漸，夫妻越來越少交談了。她是不想跟他說話，他是不敢與她說話，唯一的兒子，就成為兩人爭奪的對象。兩人過分照顧兒子的結果，使得兒子變成了一個毫無主見、不能自立、永遠長不大的青年。高中畢業後，考了兩年，聯招的榜上還是名落孫山，這使得憶湄覺得非常丟臉。服完兵役回來，勉強考取了北部一所私立大學的一個冷門學系的夜間部。那間大學宿舍不夠分配，學生得在外面自己租房子。翰良第一次入學，還是憶湄陪著去找房子的。那時，翰良已經廿三歲，比一般新生差不多大了五歲。他瘦長、蒼白，一種病態的美，像極了當年在上海的文笙。

現在，憶湄躺在黑暗中，痛苦地想起了她幫翰良找房子的經過。那個房間，是她替他決定的。假使不是她看中那個房間，又怎會有今日的悲劇？冥冥中，這一幕似乎還是她一手造成的，命運之神何其殘酷？

她記得：那天她陪著翰良在烈日下跑了很久，都找不到合意的學生宿舍。學校附近雖有許多民房分租，但都又狹窄又簡陋，她怎捨得讓嬌兒住在那種環境裡？後來，他們跑到靠近海邊的地方，意外地看見一幢新蓋的二層樓房貼有「房間分租」的紅紙。進去一看，分租的房間在樓上，小而清潔，推窗可以望到大海，空氣十分清新。翰良遺傳了父親體弱，肺部也不大健全，憶湄想到這裡的環境對兒子的健康有益，先入為主，其他的條件便不考慮。雖然離開學校較遠，買一輛腳踏車代步，問題不就解決了嗎？房東夫婦是本省人，和和氣氣的，他們答應供應午餐、開水和熱水，每天還代為打掃。他們是菜農，在附近有一塊很大的菜畦。有四五個孩子，都住在樓下。樓上的三間房間，分別租給幾個學生。翰良獨自租用其中的一間。他中午在房東家裡吃飯，晚上在鎮上的小館子裡吃完了就上學。每星期日晚上回家，星期一晚上回T鎮。這種生活，已平靜地過了四年多。

文笙說那個女孩是房東的女兒；但是，憶湄記得：房東的孩子都還小，個個都又黃又瘦。他們經過時，那幾個孩子一排地站在那裡，好奇地瞪著一雙大眼睛在看他母子，哪裡來的大女孩？不是翰良撒謊，就是文笙聽錯。她一想起文笙近年的無用就生氣。自從幾年前發現他的肺和氣管都有腫大現象以後，文笙整個人就似乎垮了下來，開始自暴自棄。才不過五十出頭，就已暮氣沉沉的像個老頭子，本來就已散漫的生活就更加散漫。反過來，憶湄的事業卻如日中天，處在巔峰狀態。這樣的婚姻生活，又怎能協調？憶湄曾經很感慨地向她的好友吐露心曲：

她是看在兒子份上才勉強維持目前的婚姻關係；否則的話，她一個人生活豈不是逍遙自在得多嗎？

憶湄的身體很健康，平常，都是頭一沾枕就立刻入睡，今夜，可嘗到了生平第一次的失眠滋味。真要命！明天還有重要的公事要辦，但願不要在辦公室裡呵欠連天。要不是文筆無能，她又何必內外兼顧，事事躬親呢？

這是憶湄第二次來到翰良租住的房子。一晃四年，本來嶄新的紅磚摟房，已顯得有點舊。樓下一個人影也沒有，她倒是希望見到那個所謂「房東的女兒」的。走上二樓，也是靜悄悄地，其他的房客大概還沒有回來。翰良的房門虛掩著，她把它推開，只見翰良背門站在窗前，正凝望著大海。此刻，夕陽已經西下，海波上還殘留著一些金色的餘光。空寂的沙灘上，有一隻小船船底朝天的擱在那裡。

她走進房間，翰良並沒有發覺。她喚了他一聲，他才轉過身來。

「媽，我知道你要來。早上我打電話回去，爸告訴我的。」他微笑著說。那笑，非常勉強，也非常淒楚。

「你為甚麼不自己告訴我？」她板著臉問，一面就在床沿上坐下。

「我不敢，我怕您生氣。」他低著頭說。

「她呢？她真的是房東的女兒？我以前有沒有見過？」

「媽，她知道您要來，不敢跟您見面，躲開了。她就是房東的大女兒，媽第一次來的時候見過的，不過那時她還很小。」

「我那次看見的都是一些毛孩子，就算過了四年，也不會長大到哪裡去呀！你不要騙我。」

「媽，我怎敢騙您？您看，這就是她！」翰良從書桌上拿起一個相框給她看，同時又從熱水瓶裡倒了一杯開水，放在她面前。「媽，請喝水。」

照片好像就在這附近的海灘上攝的。他背海而站，身邊站著一個比他矮了一個頭的少女，長髮飄揚在海風裡。因為照片中的人頭太小，根本看不出美醜。

「你跟爸爸說的都是實情？」憶湄把相框放回書桌上，順便把房間瀏覽了一下。她發覺一切都整齊清潔，一點也不像男孩的房間。

「媽，我沒有說半句假話。」翰良小心翼翼又把相框放好。

「翰良，你已經大錯鑄成，我罵你也無濟於事。現在，最要緊的是如何收拾殘局。」她的表情嚴肅得像個法官。

「媽，是的。」他靠著桌子而站，緊張得像個待決的犯人。

「你明天就帶她到臺北把孩子拿掉，醫藥費我出。她要錢的話也可以商量。」她一個字一個字地宣讀了她的判決。

「不，媽，我們不能那樣做，她也不是那樣的人。我們彼此相愛，我們要結婚。」翰良的內心在吶喊，但是他不敢大聲說，他怕被鄰房的人回來聽見。

「你以為我會准許你跟一個無知的鄉下女孩結婚？我們是甚麼家庭？你也不怕辱沒了你自己？你為甚麼要犯賤？我過去給你介紹過多少個出身高貴的女孩，你都說你還在唸書，不想結婚。現在，怎麼啦？怎麼又看中這樣的人？」

「媽，我求求你。她雖然是鄉下人，雖然高商還沒有畢業；但是她有一顆善良的心。她很純潔，很溫柔，很勤勞，她將來會做個好妻子的。請你看在母子的情份上成全我們好不好？結婚以後，她可以幫你做家事，你可以教育她。她還小，她的可塑性是很大的。」

憶湄沉吟著。

「不，我自己的婚姻已經錯誤了。我絕對不容許我的兒子又重蹈我的覆轍。」她斬釘截鐵的說。

「媽，你在抹殺事實。你不知道爸爸有多愛你，怎能說你們的婚姻是錯誤的？我告訴你，假使你不答應讓我娶淑惠，那麼，你就是在導演一幕悲劇。你知道嗎？淑惠和我的事還瞞著她的父母，他們是鄉下人，比較保守，要是知道了，會把她打死的。要是你答應我們馬上結婚，那就是喜劇收場。不然的話，大海就是我們的歸宿，你會後悔的。」翰良低低地，用有力的聲音說著，到後來，他的聲音已變成了哭聲。

「你別想威脅我！」她陡地站了起來，走到窗前，望著大海。這時，海面已幾乎完全黑暗，一陣涼颼颼的風吹來，她不由得打了一個寒噤。

「她已經有多久的身孕了？」她問，並沒有轉過身來。

「一個多月。」

「你真的愛她？」

「媽，我們認識四年多了。那時她還是個國中生，每天給我沖開水，替我打掃房間，她是那麼文靜而乖巧，我早已對她產生好印象。有時，為了回報她，我也幫她解決功課上的疑難。她後來告訴我，她早已暗暗戀愛著我，只是不敢表示而已。」翰良凝視著照片上那個瘦小的女孩，蒼白的臉上泛起了一陣紅暈。

「真是——」憶湄本來想說「人小鬼大」的，忽然想到自己在初中時也曾經暗暗愛上了年輕的國文老師，就閉口不言。

「這兩年，我們常常一起去郊遊，她經常自動替我洗衣服、縫鈕扣，我們已談論到婚嫁的了，本來我想等到畢業來再結婚的。可是，那天晚上，全屋子的人都去吃拜拜去，我有點感冒留在房間裡，她替我煎藥，就沒有離去。兩個人單獨相處，一時感情衝動——」說到這裡，翰良就打住。

很久很久，憶湄都沒有回答。翰良惶恐地在等候，他覺得：母親的沉默比把他痛打一頓還難受。

又過了一會兒，憶湄終於轉過身來。她沒有看兒子一眼，就說：「我要回去了。」

「可是，媽。」翰良急得甚麼似的，不過，他並沒有把話說完，就改口說：「我送您到車站。」

母子兩人下了樓，幸虧並沒有碰到房東一家。此刻的憶湄，根本就沒有心情跟人打招呼。從這裡走到客運車站只要五分鐘，翰良把握時機，在路上趕緊追問：「媽，您還沒有給我答覆。」

「過兩天你帶她來給我看看。」憶湄的聲音是輕輕的，飄浮著的，彷彿不是發自她的喉嚨。

「謝謝媽！謝謝媽！」翰良狂喜地就在路上跳了起來。「我本來早就想帶她來見見爸爸媽媽的，就是怕媽反對。」

「你知道就好了，我還不一定答應哩！」憶湄不放鬆地又說了兒子兩句。

在燈光昏暗、乘客稀少的客運車上，憶湄坐在最後面一排，全身癱軟無力，自覺像是一個從沙場上敗下來的老兵。丈夫已經夠無能，兒子又如此不肖，她的命運為何如此不幸？好不容易在社會上已稍有地位，稍有名望（她還是一個婦女團體的常務理事），家裡怎能容納一個教育程度那麼低而又出身農家的媳婦呢？作孽！作孽！在黑暗中，她讓傷心的淚水盡情地流個痛快。

＊　＊

在收拾得一塵不染、佈置得高尚典雅的客廳裡，文筆獨自歪坐在沙發上看電視連續劇，憶湄卻是在幾間屋子裡忙出忙進。文筆是掛名的顧問，根本不必上班，他整天閒著，也做了不少家務，但是憶湄嫌他做得不好，往往從頭做過。他要幫忙，她又嫌他礙手礙腳，因此，他只好死了這條心，撒手不管。

大門外有鑰匙插進去的聲音，是翰良回來了。門打開以後，翰良走了進來，身後跟著一個瘦瘦小小的女孩子。

文筆連忙站了起來。

「爸爸，這就是陳淑惠。」翰良說。

「趙伯伯。」女孩低著頭小聲的說。

「淑惠，請坐。」文筆忙不迭地在招呼。

「媽呢？」翰良問。

「在裡面忙著。」文筆說。

翰良走進廚房，看見母親站在爐子前面，爐子上擱著一壺水，她根本沒有事做。

「媽，淑惠來了。」翰良小心翼翼地說。

憶湄不吭氣。

「媽，您是不是要出去看看。」過了幾秒鐘，翰良又說。

憶湄還是不吭氣，翰良只好走出去。而客廳上的兩個人也各自盯著電視，誰也沒有開口。

五分鐘之後，憶湄出來了。父子二人和淑惠一起站了起來。

「趙伯母！」淑惠低著頭小聲地招呼了她。

「嗯，坐吧！」憶湄在淑惠對面坐了下來，開始打量這個懷了她的孫子的陌生女孩。

面色青青黃黃的，長長的直髮稀稀疏疏的，個子瘦瘦小小的，顯示出她營養的不良。身上的那件洋裝，是最蹩腳的廉價貨，顯示出她家境的並不富裕。老是低著頭，顯示出她的小家子氣和未見過世面。唉！簡直一無可取，是個道地的鄉下姑娘。翰良怎會看上她的？難道真是瞎了眼？她是他房東的女兒，十八歲，高商還沒有畢業。她的情形，憶湄全知道了，善於交際的她，此刻也不知道該如何開口。

「你們吃過飯了？」終於，她用這句最普通的應酬話來打破了沉悶的局面。

「我們一下了課就去吃飯，然後馬上搭車回來。」翰良回答說。

「淑惠不常來臺北吧？」憶湄又問。

「很少來。」淑惠還是低著頭。

「你有幾個弟弟妹妹。」

「連我一共五個。」

「四年前我第一次帶翰良去你們家租房間的時候，看見幾個小小的孩子，你也在裡面？」

「是的，趙伯母，我也在裡面，那時我才國中一年級。」淑惠說。

這次，她微微抬起了頭。憶湄注意到她的眼睛黑黑的、大大的，面孔還算秀氣，對她的印象也就好了一點。

「我聽翰良說，這幾年來都是你替他打掃房間，替他沖開水，那我得謝謝你嘍！」憶湄說。

「哪裡的話？那是應該的。」本來，替房客服務，是淑惠的父母命令她去做的，結果卻演變出這樣的一幕。這話原來沒有甚麼不對，然而，淑惠卻因此而羞紅了臉。

臉上添了兩道紅暈，使得這個一九年華的少女變得美麗起來。憶湄突然想起了兒子前天晚上的話：淑惠很純潔，可塑性很大。對了，她這大半輩子，沒有辦法改造丈夫，也沒有塑造出一個理想的兒子。如今，這個單純的鄉下女孩，腹中懷著趙家的骨肉，既然無法改變這個事實，我為甚麼不想辦法來從新塑造這個女孩？憶湄想起蕭伯納的名劇《賣花女》，那個語音學教授可以使一個賣花女郎變成一個高雅的淑女，難道她就不能？當然，這件工作應該是翰良自己的責任；可是那個酷肖乃父的窩囊廢，連自己都搞不好，那有餘力改造別人？看來，教育他老婆和孩子的責任都得由我負起了。

「翰良，去拿點水果來招待淑惠嘛！她第一次來，你得把她當客人呀！」憶湄說，同時還露出了今夜的第一個微笑。

憶湄態度的改變，使得文笙父子和淑惠都有如釋重負之感。她笑了，她居然要招待淑惠，大概是表示審查通過了吧？

她這微微一笑，室內的氣氛頓時活潑起來。文笙搶著去切水果，讓翰良好多陪淑惠。這時，憶湄也問了一些淑惠家裡的情形。

不到九點，憶湄就催翰良帶淑惠回去，兒子身體不好，她心疼他晚上坐公路車會勞累，要他一回去立刻睡覺。

翰良順從地聽了命，他已猜中母親的心意，想不到這樣順利就通過，對母親的體貼，也不禁有感激零涕之感。

第二天，在母親還沒有上班之前，翰良就到附近打公共電話回去。電話接通，他戰戰兢兢地問：

「媽，你看淑惠還夠資格做你的媳婦吧？」

「現在不是談夠不夠資格的問題。我只是不想鬧出社會新聞，勉強答應了你。你今天就去向她的父母提親，要結婚得早一點，免得將來出醜。」

「媽，謝謝您，要是她這邊沒有問題了，我星期六下午就回來商量結婚的細節。」

翰良有生之年，一直都在母親的翼卵之下，過著風平浪靜的生活，除了升學問題，他從來都不曾操心過。這一次，卻是嚐盡了愛情的煩惱。從淑惠含羞地告訴他，她的生理發生了變化那刻開始，本來就已優柔寡斷的他，便已六神無主。他愛她，他願意娶她；但是，他還只是一個學生，得依靠父母供給生活。也就是說：必須得父母同意才行。父親好說話，大概沒有甚麼問題，怕的就是母親。母親太能幹了，連父親都要聽她的，她不答應，他的婚事便沒有希望，那就只好走上絕路了。還好，母親到底是母親，她愛他，她終於同意，這一關算是通過。

然後，淑惠的家長呢？房東夫婦一向對他還不錯，可是，他們的女兒才十八歲，還在唸書，他們肯讓女兒這麼早出嫁嗎？我怎樣去向他們開口呢？可憐的翰良，自從母親答應了他以後，就整個人都失魂落魄的在考慮如何向陳家啟齒。後來，他實在沒有辦法了，就找一個住在他隔壁的同學林樹德商量。林樹德是本省人，很同情他的遭遇，自告奮勇的要代他向房東夫婦探口氣。房東先生夫婦對林樹德和翰良的印象都很好，也不知他們是因為家中食指浩繁，寧願長女早日嫁掉；還是覺得一表人才、又是大學生的翰良是個求之不得的東床快婿。總之，在林樹德向他們透露淑惠和翰良在戀愛時，他們就已默許；等到翰良請林樹德陪同去正式提親時，就一口答應，而且沒有提出任何條件。

這件事塵埃落定以後，翰良由於連日的心神交瘁，竟然病倒了。他這一病，可驚動了很多人。除上淑惠日夜守在床側侍候他以外；他的準岳父岳母也一天數次的到樓上巡視。翰良托林樹德打電話回家報告喜訊，也順便說明他生病了，於是，文笙和憶湄也趕來探望，兩親家就在這樣情形下碰了頭。

翰良不是得了甚麼大病，只是由於心理緊張過度所引起的生理上的些微不適而已。休息了兩三天，又到週末，他就起床回家去跟母親研究細節。

＊　＊

當年，憶湄和文笙結婚，曾經有過一個豪華的婚禮。這幾年，憶湄也不止一次地「計劃」過要給她的獨子一個更出色更豪華的婚禮。為了要能匹配玉樹臨風似的翰良，為了要給她生一個優秀的孫兒，自從翰良上大學以後，她就開始為他物色她理想中的玉女。在這四年之內，她的確遇到過兩個她中意的女孩，一個是她公司新進的同事，一個是她朋友的女兒。她特地請她們到家裡來吃飯，介紹給翰良認識，誰知翰良卻像個木頭人似的，一點也不感到興趣，一頓飯幾乎不曾開過口，氣得憶湄在事後大罵他是呆頭鵝。如今，他自作孽不可活的挑上一個不登大雅的鄉下姑娘，還談甚麼豪華婚禮？這樣一個不夠體面的媳婦怎攞得出去？叫他們到法院去公證，兩家人吃一頓飯，再登個報就算了。要是有親友問起來，就說響應節約，不敢打擾好啦！替他們省掉一筆禮金，別人不會見怪的。

就這樣，誰也沒有驚動，趙家就討進了一個憶湄心目中極不體面的媳婦。一則是翰良還沒有經濟獨立能力，二則憶湄要實行她的「改造」計劃，母子二人在討論細節時，一致同意淑惠要住在臺北的家裡，只要把翰良原來的臥室改為新房就行。翰良還是每到週末就回家，小夫妻每星期團聚一天半，比牛郎織女幸運多了。而且，這樣比較不會影響他的學業，媽媽的想法實在周到。

＊　＊

婚後，翰良第一次從學校回家，一眼看見分別了五天的新婚妻子，驚訝得張大著嘴巴，半天說不出話來。

原來長髮垂肩的淑惠，現在梳了一個短髮的中國娃娃頭，使得她原來尖尖的小臉顯得圓一點。皮膚好像白了一點，嘴唇比較紅了一點。身上穿著一件頗為時髦的花花綠綠的及地洋裝，又使她看來高一點，居然像個都市小姐了。

他承認現在的淑惠比以前漂亮，不過，這卻失去了她的本色，失去了原來淳樸、天真的味道。

「翰良，你看，淑惠是不是漂亮多了？」憶湄笑瞇瞇地問兒子，對於自己的傑作似乎頗為得意。

「媽，我不贊成你給她打扮，這樣會養成她的虛榮心的。」翰良說。

「你這是甚麼話？我又沒有給她塗眼皮、畫眼線，也沒有叫她去燙頭髮，我只是把她打扮得像一個普通都市女孩的樣子而已，怎會養成她的虛榮心？你懂嗎？她的頭髮太稀疏，留長不好看，我就帶她去剪短了。這是我們女人的事，不用你管。」憶湄說到這裡，把聲調變得溫柔一點：「快去洗手，我們都在等你吃飯，今天有你愛吃的炸里脊。」

翰良本來想說：淑惠是我的妻子，我才有權決定她的打扮。但是，她怎敢這樣說？從小被母親管束慣了，他向來不敢頂嘴；何況，他和妻子現在還得靠她養。

晚上，小夫妻倆有機會在房間獨處時，翰良問淑惠：這幾天的生活過得習慣不習慣。淑惠說：爸爸媽媽待我都很好，沒話說。不過，媽媽要她每天早上喝牛奶吃雞蛋，使她經常反胃作嘔。還有，媽媽不讓她出門，說怕她再曬到太陽，媽媽說要設法使她的皮膚變白一點。媽媽經常糾正她的國語發音；教她怎樣站怎樣坐；還要她每天在頭上頂著一本厚厚的書在房間裡走來走去，說這樣會使她走路的姿勢變得好看。

「媽媽是要把你訓練成為一個上流社會裡的淑女哩！到了那個時候，你不會把我瞧不上眼吧？」翰良大笑起來。

再一個禮拜回去，翰良發覺妻子又漂亮了一點。的確，在媽媽的細心照顧之下，淑惠胖了，白了，加上穿著的合宜，才不過短短兩週，淑惠已從一個黑瘦的鄉下女孩蛻變成一個時髦的少女。翰良衷心的感謝他的母親。

然而，當他們單獨相處時，淑惠卻愁眉苦臉的告訴他：「媽媽說怕我無聊，給我訂了一個時間表，規定我每天要寫一頁毛筆小楷字，還叫爸爸利用白天的時間教我讀英文和唐詩，還拿了幾本書叫我自己看。」

「這不是很好嗎？你又可以多學一些東西了。媽給你看的是甚麼書呀？」翰良問。

淑惠指指書桌上的一疊書。翰良拿起來一看，它們是《愛的教育》、《小婦人》、《飄》、《葛萊齊拉》、《茵夢湖》，他覺得母親對淑惠真是太關心了。

「翰良，我不是說媽媽壞話，」淑惠悄聲的說。「我也很感激她的教育我。不過，她太嚴了。爸爸只管教，她管考。每天晚上，我除了交一頁毛筆字以外，還要背一段英文和一首唐詩。你知道我的英文很爛，我覺得苦死了。背得出來，媽媽會笑我的發音；背不出來，媽媽就很生氣的說我不用功，甚至還罵爸爸不用心教。你說怎麼辦？翰良，我是個鄉下女孩，我不想學那麼多的東西，我只想在家裡燒飯、洗衣服、擦地板，做個平凡妻子。你去跟媽媽說好嗎？」

翰良深深的嘆了一口氣。這是母親的一番好意與苦心，雖然手段也許過分急進，但是他怎能抱怨？從小到現在，大大小小的事都是母親決定的，母親甚麼都對，除了不接受她介紹的女孩之外，他從來不曾反抗過她。如今，為了妻子，他只好又向父親求援了，不過，父親又能幫助他嗎？

找著個機會，他偷偷把淑惠訴苦的話告訴了父親。文笙聽完了，搖搖頭笑著說：「你媽的脾氣你是知道的。她主觀而好強，從來不接受別人的意見。她要給淑惠進修，是愛護淑惠的表現，我也曾經勸過她不必太認真，教過就算，何必考試，結果卻捱了她一頓搶白。我不想再去惹她了。」

連父親都不敢替他說話，翰良還有甚麼辦法？他只好勸淑惠忍耐，強調這是母親的好意，不可辜負，就當作在學校接受惡補好啦！何況，自己也曾經請過母親教育她？

憶湄沒有女兒，她早就希望未來的媳婦能夠符合自己的理想，那麼，她不就等於有了一個女兒了嗎？以前，她一次又一次的為翰良介紹女友，就是因為那些女孩合乎她的理想。無奈翰良不合作，竟然娶了這樣一個不夠格的妻子，憶湄真是一想起就傷心。不過，淑惠雖說一無可取，倒也有一個好處，就是純潔而溫順，也就是翰良所說的可塑性甚大。既然她已做了趙家的媳婦，而翰良又那麼愛她，憶湄也準備把她當女兒看待。

一個人的外表很容易改造，年輕人的健康也很容易增進。只不過改了一個髮型，換上一身衣服，每天一杯牛奶一枚雞蛋和適量的肉食和水果，不到一個月工夫，淑惠整個人便似脫胎換骨了。改變氣質也不難，原來文靜內向的淑惠，在談吐和舉止方面，經過憶湄加以指點，便已除去村女娥眉的小家子氣。至於教她英文教她唐詩，憶湄明知無法立竿見影，只是不願放棄任何努力而已。但是，她無法改造淑惠的性格和內心。

淑惠對憶湄很恭敬很聽話，然而卻不親近。她從來不主動跟憶湄說話，起初憶湄以為是怕她，但是相處了很久還是這樣，就不能不懷疑這個媳婦對自己並無感情，她的溫順，只是虛假的。憶湄很不高興，也很傷心。不過，她並沒有把自己的懷疑說出來，因為說出來也沒有用。漸漸，她對淑惠失望了，她開始放棄一切改造的工作（淑惠還以為婆婆開恩而有一身輕之感）；但是，為了未來的孫兒，她又展開了另外一項計劃。

隨著淑惠肚子的日漸加大，憶湄對迎接未來孫子的準備也日趨積極。翰良每次回家，都有新的發現：母親在他的房間裡掛了幾幅很可愛的嬰兒裝飾畫；母親買回來一個錄音機和好幾盒古典音樂錄音帶。她要淑惠天天看美麗的圖畫和聽美妙的音樂。「這是胎教，我要有一個完美的孫兒。」憶湄說。

到了懷孕末期，憶湄還把家裡的一間小房間改為嬰兒室。本來，翰良和淑惠都認為買一張小床放在他們房間裡就行；但是憶湄不答應，她說成人的房間空氣污濁，不適宜嬰兒居住。「我是為你們好，你以為我的錢多得用不完？改裝一下得花好幾萬啊！」她說。

嬰兒的小床、用具和衣服，通通是憶湄挑選和購買的。有時也帶著小兩口同去，他們的作用只是替她拿東西而已。當然，錢是她付的，她有權這樣做。

生產的醫院也是憶湄指定的，因為她聽說這家醫院好，雖然路遠一點，她還是堅持要淑惠去。

經過了七八個月來的補養，淑惠的身體已變得很健康，足月臨盆，孫子終於平安的生了下來。是個男嬰，好瘦好小，一時還看不出像誰。憶湄自己沒有女兒，本來希望淑惠給她生個孫女的，此刻頗為失望。這個男孩子千萬不能像他的祖父和父親那麼體弱而沒有丈夫氣，憶湄決定要好好教養她的孫兒。

這時，趙家的親友已多數知道他們不但娶了兒媳，而且又添了孫兒，就有很多人來道賀。憶湄覺得淑惠現在已脫盡土氣，可以見人了，也就決定為長孫超群（這是她給他取的名字）舉行一個盛大的湯餅會。

她親自開列名單，興高采烈的。翰良結婚時沒有請客，她一直耿耿於懷。她一向喜愛熱鬧，這次總算可以補償一番了。宴客名單中包括了親戚、朋友、同事以及翰良的同學；但是卻沒有淑惠父母的名字。

「媽，您怎麼沒有請淑惠的父母？」憶湄把擬好的名單給翰良看，翰良提出了這個疑問。

「他們太土了，會丟我們的臉的。」憶湄壓低了聲音說。

「可是他們是孩子的外祖父母呀！他們的地位跟您一樣重要。」翰良大膽地頂撞母親。

憶湄自知理虧，也就沒有堅持。她繃著臉問：

「你不怕別人知道你岳家是鄉下人？」

「鄉下人又怎樣？也一樣是人呀！」翰良小聲的嘟嚷著。「媽，你真是嫌他們不登大雅，就讓他們坐另外一桌好啦！人那麼多，誰又知道他們是誰。」

這個家，到底還是母親在作主，不如順著她點，省得彼此不愉快。因此，翰良對她又作了適度的讓步。

小超群滿月那天，趙家在一家觀光飯店訂了十桌酒席宴請至親好友。憶湄要文笙穿上一套淺灰色的西裝，淺粉色的襯衫配上一條灰底上有著粉紅色圖案的領帶，使他顯得相當年輕瀟灑。雖然歲月不饒人，而且身體有病，他已無復當年的拜崙風姿；不過，倒是怎麼看也不像個做了祖父的人。憶湄自己，一方面為已有了第三代而高興，一方面又為自己的祖母身分而興起遲暮的感覺，她也加意的修飾了一番。一件銀灰色的絲絨長旗袍，配上一條珊瑚項鍊，使她看來雍容華貴，跟文笙十分匹配。當然，在她的安排下，翰良也是西裝筆挺，淑惠那件粉紅色的晚禮服更是她為她選購的。小超群也打扮得像個小王子似的，安詳地睡在一張長沙發上。

親友們紛紛稱讚他們夫婦好福氣，還這麼年輕就做祖父母。翰良長得真帥，就像個文藝片中的小生。甚麼時候出國呀？新媳婦好漂亮！是那間大學畢業的？小娃娃好可愛！漂亮得就跟他爸爸媽媽一樣！

對他們夫婦和孫兒的讚語，憶湄聽了很開心。可是，別人問到翰良的出國問題和淑惠的出身，她便因為自卑而感到很不是味道。翰良自認不是讀書的材料，早已向母親說明他將來不要出國；現在有了老婆兒子，當然就更甭想他離開一步。希望兒子出去鍍金，回來光宗耀祖的夢算是破滅，而淑惠微不足道的學歷更是使她抬不起頭來。每逢有人問到這兩個問題，她的臉上就一陣青一陣白的渾身不自在。還好客人多，在亂哄哄的情形下，她就含含糊糊的敷衍著。

在忙亂中，憶湄根本忘記了還有一對她不歡迎的客人——她的親家翁和親家母還沒有到。正當準備入席時，這對「土土的」鄉下人就邁著八字步走進來了。陳先生穿著鮮藍色的條紋西裝，結著紅領帶。陳太太穿著綠色洋裝，脖子掛著一條很粗的金鍊。

兩人一走進來，就大聲向文筌和憶湄說：

「親家，恭喜啦！」

「也恭喜你們兩位。」文筌微笑著還禮。

「我的乖孫呢？我的乖孫在哪裡？」陳太太東張西望的在找她的外孫。

「媽，他在這裡。」淑惠指指身後的長沙發。

「啊！我的乖孫，阿媽來了，阿媽要給你一個大紅包。」陳太太一把抱起熟睡中的小超群，在他的小臉上嘖的親了一下，又把一個紅包塞進他的衣服裡面。

她的舉動通通被憶湄看在眼裡。這時，她也顧不得禮貌，就排開包圍著她的親友走過去，把小超群從陳太太的懷裡搶過來。

「親家母，對不起，孩子太小，容易受病菌感染，請你以後不要親他。鈔票更是細菌最多的東西，你怎可以放在孩子身上？請你拿回去吧！」憶湄像連珠砲似地說著，一面就把紅包拿出來。

陳太太也沒聽懂她的話，不明白她的意思，以為她是在客氣，還一個勁的說：「親家母，不要客氣，這是給小孩子的呀！」

還好，聽到了憶湄那一番話的只有在旁邊的翰良和淑惠兩個人。為了避免母親再發作下去，淑惠把孩子接過來抱，也接過了紅包；翰良則半推半擁的把母親拉開，請她招呼大家入席。憶湄在外面是很有修養的，為了不想破壞筵席的氣氛，早已把不快之情隱藏起來，裝出笑臉，在扮演最佳女主人的角色了。不過，她為了怕嬰兒再遇到剛才那種情形，就不辭勞苦地，寧願委屈自己，也要親自抱著他來吃。同桌的人都嘖嘖稱讚她母愛的偉大。「真是愛屋及烏，當年帶自己兒子還不夠辛苦？還要親自帶孫子？你的犧牲未免太大了吧？」

憶湄也許忘記了小超群只是她的孫子而不是她的兒子，她規定淑惠要定時餵奶，千萬不能夠一哭便餵他。她說：翰良小時候就是那個樣子，乖得很，夜裡都不吵人的。但是，她忽略了一點：翰良吃的是奶粉，而小超群吃的是母乳。吃奶粉可以限時間，吃母乳卻不必太嚴格。淑惠一則不懂，二則也跟翰良一樣，早已養成了對憶湄唯命是從的習慣。婆婆要她按時餵奶，她便按時餵奶。有時，孩子半夜裡餓醒大哭，她也不敢餵他，但是又怕吵醒公婆，便只好起來抱他哄他，往往弄得睡眠不足。這樣一來，不久以後，母子二人都瘦得不成人形。憶湄看見自己苦心「改造」的媳婦又恢復從前黃黃瘦瘦的樣子，孫子也永遠像吃不飽似的，這才大起恐慌，親自帶他們去看醫生，醫生盤問出原委，不免說了憶湄兩句。憶湄感到十分慚愧，決心不要再管淑惠帶孩子的事，還給她買了大批的維他命丸和補藥，彷彿是在為自己贖罪。

憶湄原來期望自己的孫兒，假使是女的，頭腦、性格和外貌都要像自己；男的嘛！頭腦性格也要像自己，外貌則不妨像祖父或父親。不幸，孩子長到三四個月以後，她發覺他根本不像趙家的人而完全遺傳了母親的面孔：稀疏的頭髮和眉毛、扁扁的鼻子、厚厚的嘴唇，除了眼睛還算大以外，距離憶湄的理想太遠了。而且身體瘦弱，時常生病，這一點又簡直像是翰良小時候的翻版。自己下苦心花本錢去栽培的孫兒竟然是這樣的，她不禁遷怒到那個一切條件都不合她條件的媳婦身上，對淑惠越來越沒有好感。

有一天，憶湄下班回家，只見淑惠抱著孩子坐在客廳的沙發上，天色已經暗了，電燈也不打開，更聞不到一絲飯香菜香。憶湄好生奇怪，隨手把電燈開關打開，發現一直默默坐在那裡的淑惠居然淚流滿面。

「你怎麼啦？哭甚麼？」憶湄不高興地問。

「超群發燒了。」淑惠說。

憶湄走過去摸一摸孩子的額，果然熱得燙人，而且呼吸異常急促。

「甚麼時候開始發燒的？」憶湄知道孩子這兩天有點感冒。

「上午，可是那個時候沒燒得這麼厲害。因為他一直咳嗽，我就拿了半片小兒感冒藥給他吃，想不到反而熱度更高。」淑惠結結巴巴地說著，一面說一面哭。

「要死了，你不會帶他去看醫生呀？為甚麼自作聰明亂給他吃藥？」憶湄雖然不大喜歡這個媳婦，但是她受過高等教育，又是個有身分有地位的人，不願意擔當「惡婆婆」這個醜名；一向，即使心裡不愉快，倒也不曾向淑惠大聲說過話。現在，她竟然愚昧到這個程度，憶湄又急又氣，也就顧不得那麼多而向她吼叫了起來。

「我不知道帶他到哪裡去看？」淑惠低著頭為自己分辯。他們沒有家庭醫生，過去，超群生病，憶湄曾經分別帶淑惠抱著孩子去過三家不同的醫院和診所，實在也難怪她的。

「隨便一家都可以呀！」憶湄忽然發覺屋內十分冷清，只有自己的聲音在咆哮：「爸爸呢？」

「爸爸到公司去了，到現在還沒有回來。」

「那你不會打電話告訴我？」

「我怕媽媽太忙了，所以不敢打。」

憶湄一肚子的火，都快氣炸了。不過，現在不是罵人的時候，還是馬上去找醫生要緊。現在的時刻，只好去私人診所了。

「快！馬上去看醫生！」憶湄才脫下鞋子，立刻又穿上。催著淑惠抱抱孩子下了樓，攔了一部計程車，便直奔那間曾為超群治病的私人診所。

醫生替孩子檢查了一下，立刻臉色凝重的說孩子已有肺炎現象，得馬上送到醫院去。

這時的憶湄，真是又急又氣。急的是臨時不知道找得到找不到醫院，而家裡的現款又不知夠不夠做保證金；氣的是淑惠耽誤了孩子的病；而一向很少出去的文笙卻不知哪裡去了；翰良住的地方沒有電話，也沒辦法叫他趕來。

幸虧醫生給她介紹的一家醫院有床位，她讓淑惠帶著孩子在醫院等，她自己回家去拿錢。那時已八點多了，文笙還沒有回來。她把家裡所有的現款都集中起來帶出去，又幸虧夠付保證金。辦好了住院手續，孩子送進了病房，打了退燒針，餵了藥，又要打鹽水針。孩子一直昏睡著，憶湄看著護士把一根粗粗的針頭插進孩子小小的血管裡，真恨不得給淑惠括幾個耳光。你這個無知的小婦人啊！有甚麼資格做母親？

這時，醫院裡已沒有她的事了，她讓淑惠留下來陪兒子，自己便回家去。

在計程車上的時候，她看了看錶，已經十一點多了，她還沒有吃晚飯哩！不過，折騰了一個晚上，也不覺得餓，等一下沖一杯牛奶喝喝就算了。

回到家裡，只見文笙正悠閒地半躺在床上看小說，看見她回來，就急急地問：

「你們都到哪裡去了？害我擔心得要命。」

「你自己呢？你又到哪裡去了？」她繃著臉問。

「大夥兒臨時起鬨到外面吃飯去了。」

「為甚麼不打電話回來？」

「打回來沒人接呀！淑惠和孩子呢？」

「超群生病了，現在住在醫院裡。」憶湄突然覺得很委屈，這個家，無論大事小事，全是她一個人挑。本來三口之家她覺得還挑得起；現在，可是五口之家了，她可說是日理萬機、內外兼顧，那擔子沉重無比。她感到一種從來不曾有過的疲累，不自覺地流下一滴眼淚。

文笙從床上跳了起來。「超群是甚麼病？怎麼無端端就進了醫院的？」他急急地問。

本來想罵文笙「你倒是逍遙自在」的，但是此刻的疲累與無告，使得憶湄急需一個傾訴的對象。她把今天家裡所發生的事源源本本地都告訴了文笙，末後居然還向他請教：要不要想辦法通知翰良？

「我想暫時不要通知算了。」文笙沉吟著說。「他那邊沒有電話，要通知也得等到明天打電報，那真會把他嚇一跳的。說不定明天超群會好一點哩！也真不湊巧，我天天在家沒有事，一出去就發生這樣的意外。憶湄，我現在去醫院，換淑惠回來休息好不好？」

憶湄一想：淑惠那傢伙笨頭笨腦的，她真是有點不放心。換了文笙去，到底年紀大，經驗足，那就可靠多了。這時，她才省悟到文笙也不是全無用處。

小超群這一場病雖然很快就好起了，但是花了憶湄不少錢，也害她提心吊膽了幾天。她很氣淑惠，一連幾天都不跟她說話。

等到翰良週末回來，憶湄就對他大罵淑惠的愚昧與低能，還說她是個幾乎殺害了兒子的準劊子手。翰良默默聽著沒有說話。這時，他已經快要畢業了，由於他的穩重可靠，他的系主任有意留他在系裡當助教，這次回來，他本來就要跟母親商量這件事的。現在，他卻另外有了主意。

＊　＊

星期日上午，憶湄去參加了一個婦女團體的理事會，會後聚餐，餐後又跟幾個要好的朋友去逛了一會兒街，回到家裡已是下午四點半。她感到有點累，但也十分興奮。這一次她又蟬聯了常務理事；每一個人都稱讚她年輕；去逛服裝店時，店員還稱她為小姐；店裡的成衣，只有她穿得下，她的朋友個個腰粗十圍、大腹便便，只有望衣興嘆的份兒。每當這個時候，她便自我陶醉，躊躇滿志，忘記了自己年已知命，而且又是個祖母身分的人。

家裡靜悄悄的，只有文笙一個人歪坐在沙發上看電視，翰良和淑惠房間裡一點聲音也沒有。憶湄去浴室洗了手，換過家常便服，走進兒子房間，只見一切都整整齊齊的，只是沒有人影；走到嬰兒室，小床上也看不到嬰兒。

「他們到哪裡去了？」她走到客廳，坐在文笙旁邊。

「你先看看這封信。」文笙從面前的茶几上拿起一張白紙交給她。

「甚麼信嘛？」她對文笙的答非所問有點不高興。不過，她一看到字跡，就不再說話了。

媽：

請原諒兒子的不孝，我沒有徵求您的同意，就先行搬出去了。

兒子這一輩子，可說都是受您的所賜。您生我育我，供我求學，為我娶妻，還為我養妻子。兒子對您的感激，真不知怎樣來報答。

但是，兒子已長大成人了，不能夠永遠受父母的蔭庇；否則的話，將永遠不能獨立，永遠不能成熟。

我們的系主任已經向校方推薦兒子留系當助教，也就是說，兒子已經有了平生第一份工作。待遇雖然微薄，我相信勉強可以養活妻兒；真的不夠的話，淑惠也可以出去工作或者從事家庭副業。

媽，我們因為怕您反對，所以不告而行，請千萬不要生氣。假使你原諒了我們，我們將會每個星期回家團聚一次的。

詳細的情形，爸爸知道得很清楚，不多寫了。敬祝

福安

兒翰良敬上

也不知道是生氣還是難過，看完了信，憶湄但覺全身發抖。她用顫抖的手指指著文笙，用顫抖的聲音，惡狠狠地問：「你事前都知道了？你幫著他們來騙我？」

「我可以向天發誓，我也是今天才知道的。」文笙說。

「他為甚麼說你知道詳情？」

「因為你不在家，他就全都告訴我嘛！他本來打算明天搬的。他明天沒有課，你又要上班，那不是正好？但是，由於你今天要開會，他就提前搬出去了。」

「這就是養育子女的報酬。他長大了，羽毛豐滿了，就不肯留在老巢中了。」憶湄恨恨地說。本來已經因為出去了大半天而感到有點疲累的她，此刻但覺全身無力。一向堅強的她，也感到眼眶濕濕的，但是她強忍著，不想讓文笙看到她的眼淚。

「其實搬出去也是一樣，他不是說以後還是每個星期回來嗎？」

「他太可惡了，事先居然不跟我商量。他有本事就不要回來好了。」

「那何必呢？兒子到底是兒子，你就原諒他算了。兒女長大了，那能一輩子拴在身邊呢？」文笙安慰著憶湄。他想：你自己的脾氣難道不知道？一向獨行獨斷，幾時給過人商量的餘地呢？

「就是一口氣咽不下去，他太不把我放在眼裡了。」憶湄仍然餘恨未消。

「過幾天你的氣平了，你就不這樣想了。」

「他甚麼時候決定這樣做的？他還有一個多禮拜就畢業，我正想叫他早幾天搬回來哩！」

「他說：他本想問你他要不要接受助教工作的；但是，由於超群生病你對淑惠的不諒解，他怕以後婆媳之間發生更多的不愉快，他就決定早點搬出去。其實，他也是為你好。」

「為我好？一個家冷清清的剩下兩個人有甚麼好處？你就是知道替他說話。」憶湄突然有著「眾叛親離」之感，兒子結了婚，只知向著妻子，連丈夫都不體諒自己。別人還羨慕她有個幸福的家庭，誰知卻是這樣的結果。她崩潰了，淚水再也無法約束。她站起來衝進臥室，撲倒在床上，讓淚水痛快地發洩。也不知哭了多久，她發覺有一隻溫柔的手擱在她的背上。

「哭夠了沒有？」那是她聽了將近三十年的最熟悉的聲音。「這一天遲早都要來臨的，我們不是也曾經離開我們的父母嗎？早點讓他離開，也許對他反而有好處。你想不想出去吃晚飯？我們好久沒有兩個人在外面吃飯了，今天晚上我們不要燒飯好嗎？」那熟悉的聲音又繼續說。

她翻過身，一條熱毛巾及時的遞到她的手中。她一面擦著臉，一面問：「他們是不是搬回淑惠家裡去？為甚麼家具和床上的東西都不搬？」

「不是的，他們在學校附近另外租了一間房間。他說過要學習自立，所以一切都從頭做起。這裡的東西原封不動，也是為了以後回來方便呀！」

「有這麼舒適的房子不住，卻要到鄉下去租一間房間，這不是自作自受嗎？淑惠一個人又要燒飯又要帶孩子，那個笨手笨腳的傢伙應付得了呀？」

「聽翰良說：淑惠跟你學習了這麼久，已經幾乎盡得真傳，甚麼都懂了。就算不懂，難道你不記得你剛結婚的時候連開水都不會燒嗎？」

當然記得：那住在一棟小小的日式平房裡，每天為了生火而被煙燻得眼淚直流，被木炭弄得滿臉滿手烏黑的日子好像還在目前，怎麼一下子就輪到了第二代？這就是人生，短促得可怕；而父母跟子女相處的日子尤其短促，大概只有二十幾年，就「大限」已至。只有夫妻才是攜手一起走完人生之路的伴侶。

「你有沒有他們的地址？」憶湄一面問一面從床上坐了起來。

「有呀！」

「我想：我們明天晚上就去看看他們。小超群有點瀉肚，我不放心。而且他們甚麼都不帶，我也擔心他們東西不夠用。」憶湄說。

「好呀！這樣，他們一定更感激你這個好媽媽了。」文笙高興得眉開眼笑的。

「誰要他們感激？不要再氣我就好了。」

「好啦！你現在不再生氣了，我們出去吃飯好不好？有一家西餐廳的情調和音樂都很不錯，我帶你去。」

客廳的電話忽然響了起來，文笙出去接。過了一會兒，他走進來對憶湄說：

「是翰良的電話，他要跟你說話。」

憶湄走出客廳，拿起話筒，「喂」了一聲。

「媽，您沒有生氣吧？」翰良在話筒裡的聲音顯得有點怯生生的。

憶湄已乾的淚水又流了出來。她有著如釋重負的感覺，很慶幸自己還沒有失去這個兒子。

（中華文藝）

後會有期

「媽，你真的不要我把你送到博物館門口？」公共汽車快駛到面前了，袁沛沛還是不放心地把這句已經說了三四遍的話再說一次。

「瞧你這個孩子，幹嘛這樣嘮叨？媽說過自己會去就是會去。媽又不是鄉巴佬，你已經帶我去過一次，還怕我走丟？你快去吧！再不去就會遲到了。」楚韻文說著輕推了女兒一下，藍色的公共汽車這時正好停在她面前，她就跟著前面的一位老太太上了車。

上了車，向著還站在路旁的女兒揮揮手，就在靠車門的一個座位坐了下來。車裡空蕩蕩的，她的心裡也空蕩蕩的。來到紐約已經半個月，單獨外出也已經兩三次；可是，每次單獨外出，她都有著慌亂、孤單、無告與被棄之感。是因為紐約的治安太壞，是因為自己半年前在國內不幸的遭遇，還是由於自己對女兒太過依戀？她自己也說不上是什麼原因，可能三者都有吧！

公共汽車向東駛去，穿過屋宇陳舊、街道髒亂的哈林區，拐了一個彎，走進第五大道，就沿著中央公園向南駛去。一個星期以前，沛沛已帶楚韻文到大都會藝術博物館參觀過一次，也是坐這線的公車去的；所以，這次楚韻文駕輕就熟，知道到八十二街下車便行，心裡倒也不害怕，只是內心那種孤獨之感始終無法拂去。

她這次獨自從臺北飛到紐約，是女兒要她去的。沛沛自從知道了雙親的婚姻破裂後，心疼得不得了，打越洋電話回去表示要放棄學業，回家陪伴母親。楚韻文在心碎之餘？仍然不忘曉以大義：好不容易申請到一份獎學金，怎可中途而廢？大人的事你不用操心，努力求學才是最重要的事。後來，母女兩人在每週一次的通信中決定：楚韻文利用暑假到紐約去看沛沛一次，藉此散散心。何況，沛沛出去已一年了，她也想媽媽想得厲害。

沛沛在甘迺廸機場見到母親時，立刻趨前抱住她，一面流淚一面說：

「媽，你瘦多了！事情已經過去半年，難道你還不能忘懷？」

「我早就不去想它了。我的瘦是因為長途飛行太過勞累所致呀！」做母親的也頻頻親著長得比自己還高的女兒的臉。

回到她跟同學們合租的公寓裡時，沛沛又一本正經地跟媽媽說：

「我好恨爸爸，也恨天下的男人，我已經決定將來不要結婚了。」

「傻丫頭！千萬不要說這種話！你怎可以一竿子打翻一船人呢？老實說，媽這次來正要跟你談你的終身大事，你已經廿三歲了，到底有要好的男朋友沒有？」楚韻文坐在床緣，一雙眼睛緊緊盯著女兒不放。

「媽，你急什麼嘛？我自己一點也不急哩！」

「當然急！女人的青春太短暫了，現在是你挑別人，過三幾年就輪到別人挑你囉！」

「我已經說過不要結婚的了，儘談這些幹嘛？媽，我去燒一壺開水給你沖茶喝。」沛沛說完了，就走進了廚房。

從女兒住的地方到大都會藝術館並沒有多遠，到了八十二街口，楚韻文下了車，再度投入這座世界著名的博物館裡。上一次沛沛帶她來，由於出門得晚一點，只能走馬看花般匆匆瀏覽了一遍，她本來就一直希望有機會再來。前幾天，沛沛有事去了一趟學校，回來就滿臉歉疚的對她說：

「媽，剛才系主任找我去，說系裡一名在暑期裡工作的助教生病了，叫我替他。這是一個學習的好機會，一週去三天，你說我要不要答應？要是答應了你就有三天沒有人陪，你說怎麼辦？」

「這個機會很難得，你當然要答應，陪媽媽是小事，再說，媽媽也可以自己去玩呀！」楚韻文裝得蠻不在乎地回答，其實她真在乎女兒陪她。不過，為了女兒的學業，她只好「犧牲」自己。

就這樣，她度過了孤獨的一天。沛沛在哥大唸電腦，所租的公寓也就在哥大附近。那天，楚韻文利用上午獨自到附近的河邊公園散步，又去參觀了河邊大教堂。中午，沛沛特地趕回家，陪媽媽吃午飯，再送媽媽到卡內基音樂廳附設的電影院去看著名的瑞典片《野草莓》，叫媽媽散場後坐計程車回家，然後又趕回學校去。

那間電影院小小的，座位雖然相當舒適，但是已經很陳舊。因為是白天，放映的又是黑白的老片子，所以觀眾零零落落。在座的全是西方人，只有楚韻文是黃髮黃膚，她不由得在孤獨中又興起了一種疏離感。快要開映時，一個影院的職員走進來對觀眾說了一聲：「馬上就要開映了，請大家不要吸煙！」這又使她覺得美國有些地方真是落後得可笑。在臺灣任何一間小戲院都有紅燈亮出「請勿吸煙」的字樣，而紐約的影院卻要每一場用人來喊話，簡直是比鄉下的影院都不如。想到這裡，楚韻文忍不住在心中暗笑起來。

想到這裡，她已走到博物館樓下中間的法國室那裡。外文系畢業，現在又是英文教員的她，一直就是個唯美主義者，對藝術有執著的愛好。上一次來，她對法國室和英國室所陳列著鏤金的、精緻的洛可可式家具就喜愛得不得了，現在，她還要細看一遍。在這裡，她倒是沒有孤零之感。因為遊客來了一波又一波，她自始至終都是淹沒在人潮之中，根本失去了自我的存在。

今天，她只是挑自己喜歡看的才看；因此，看完了洛可可家具，就到二樓去看印象派的名畫。在所有印象派畫家中，她最喜愛的是法國的莫內。當她在莫內的一幅幅名作之間流連欣賞時，無意中發覺觀眾中有一個微胖的中年男子有點像中國人，就不禁看了他一眼。

那個人穿著一套臺灣最流行的鐵灰色夏季西服，灰黑而稀疏的頭髮梳得光光的，戴著一副寬邊眼鏡，手中提著一個〇〇七皮箱，一看就像臺灣商界的董事長、總經理之流。他到底是不是中國人呢？韓國人、日本人、越南人，也都是這副長相啊！不過，不論他是那一國人，以一個中年商人（她肯定他一定是商人）而有此雅興，也算是很難得的了。

她看他的時候，他也看到她了。她直覺地看見他眼鏡片後面的雙眸亮了一下，然後向她微微一笑。難道他真的是中國人，為了看見同胞而喜悅？可是，我現在穿的是洋裝，他又憑那一點確定我是同胞呢？不過，她也曾有過幾次遇到不相識的美國太太向她點頭微笑的經驗，也許，這只是一種普通的禮貌吧？起碼，彼此都是東方人，我看他一眼，他回報以微笑，又有什麼不對呢？於是，她也大大方方地還給他一個微笑。

在幾間陳列印象派名畫的房間裡轉了一趟，她的腦海馬上被雷諾爾、畢沙羅、梵谷、高更、塞尚等名家穠麗的彩色充溢著，早就忘了那個人。到了中午，她走累了，也餓了，就到博物館地下室的餐廳去吃午餐。她買了一客火腿三文治和一杯冷食，走到一個人少的角落裡找了一個座位坐了下來。她慢慢地吃完了她的午餐以後，打開手提包找手帕時，發現裡面有一份中央日報的航空版，那是她從女兒那裡帶出來，準備在無聊的時候看的。現在，餐廳裡沒有多少人，她何不就坐在這裡看完它？

她翻到副刊的部分，這一天剛好有一篇她所喜愛的女作家的文章，就聚精會神地讀下去。

「這位女士，請問你是從臺灣來的嗎？」忽然間，有人用純正的國語在跟她說話。

她錯愕地抬起頭來，一個似曾相識的男人正含笑站在她面前。

「你是——」她訥訥地問。

「敝姓吳，從臺北來的，剛才我們在二樓看畫時碰過面。」男人依然帶著優雅的微笑。

「啊！是吳先生！請坐呀！」她指指她對面的座位。「我剛才就覺得您像中國人，只是不敢冒昧打招呼罷了！」

「我也是。你這份中央日報一拿出來，證實了我的猜想，異地遇到同胞，我也就顧不得冒昧不冒昧了。女士貴姓？」男的也就不客氣地坐了下來。

「我姓楚。」

「楚太太？」

「這是我自己的姓。」

「楚女士是到美國觀光？」

「不，我來看我的女兒。」

「很喜歡藝術？」他很有教養地轉變了話題，不再盤問她的家世。

「可以說很喜歡，不過不懂。」她回答。

「我是個庸俗的商人，但是也喜歡附庸風雅。這是我的名片，請多指教。」

他從上衣的口袋裡掏出一個精緻的皮夾子，又從皮夾子裡抽出一張名片交給她。

楚韻文接過來一看，他的名片比普通的要大一號，紙質考究、印刷精美。中間印著凸體的「吳遠流」三個字，左上角的一行頭銜是「羅浮宮畫廊負責人」。

「原來是位行家，真是失敬！」她把名片放進皮包裡，一面為自己的沒有看錯人而有點得意。他的確是個商人，但卻是一個風雅的商人，作為一個畫廊的主人，當然懂得藝術。何況，羅浮宮畫廊也相當有名氣，只是因為路遠，自己還不曾去過罷了。

「不敢當！」吳遠流微微一欠身。「我相信女士一定也是藝術界的人士吧？」

「才不是，我只不過是個教書匠而已。」

「剛才我一看就覺得女士像一位老師，果然我沒有猜錯，我的眼力還不錯哩！」吳遠流說著就哈哈大笑起來。

他一笑，話匣子也跟著就打開了。他滔滔不絕地告訴楚韻文——他這次來紐約，一半是度假性質，一半也想買幾幅畫回去。他打算還要去參觀現代藝術博物館和東村的畫廊，問楚韻文有沒有興趣一同去。

「等我跟女兒商量過再說。」她一想到以後每個星期將會有孤獨的三天，便巴不得立刻答應；但是，為了女性的矜持，又只好編造一個理由。

「你真是個好媽媽！那麼，可以給我一個電話號碼嗎？」

「我女兒住的地方的電話要轉分機的，很麻煩。這樣吧！你現在就告訴我你什麼時候去現代藝術博物館，假使到時我有空我就去。」她沉吟著說。

「明天好不好？你認得路嗎？我可以不可以去接你？」

「明天我有事。」她知道明天女兒會陪她出去玩。

「那麼後天？」他顯出有點失望的樣子。

「我不是說過要跟女兒商量嗎？」

「好吧！我真希望能再見到你。我在這裡沒有什麼朋友，每天一個人踽踽獨行，自己也覺得可憐。」他深深地望進她的眼裡。

她避開了他的眼光。「吳先生，那就這樣決定吧！我還要繼續參觀，失陪了。」她一面說一面就站了起來。

「我可以奉陪嗎？我也還沒有看完哩！」他微笑著站起身來。

她不知道怎樣去拒絕，同時也覺得不應該小家子氣地拒絕。自己已經是一個留學生的母親，又不是妙齡少女，難道男人還會對她有什麼不良企圖？

於是她含笑點首。他陪伴著她，繼續一層層一間間地參觀下去。兩人一面看一面聊天，她知道了他是個喪妻將近兩年的鰥夫，家裡有一個唸高中的兒子；而他也知道了她是個離了婚的婦人。她本來不想告訴他的，可是他問到她的先生時，她就沒有辦法騙他了。

兩人逛了一個下午，直到快要關門才離開。他要請她吃晚飯，她不答應；他要送她回家，她堅決不肯。最後，還是按照預定計劃僱計程車回去。臨分手的時候，吳遠流用他那隻寬厚的大手緊緊地握著楚韻文纖細的小手，用很誠摯的聲音說：「楚女士，我是誠心誠意地希望能夠跟你再見面，希望你能夠答應我。」

「我一定盡我所能的去做。」她含蓄地回答了，就鑽進計程車裡。

回到女兒家裡，沛沛已經先回家，正在準備晚飯。一見了母親就埋怨：

「媽，你為什麼這樣晚才回來嘛？害得人家擔心死了。」

「我又沒有去那裡，就一直待在博物館裡嘛！可看的東西太多了，我就捨不得離開。」楚韻文本來想告訴女兒碰到吳遠流的事的，不知怎的，話到唇邊，又嚥了下去。

第二天女兒帶她去逛布朗克斯的動、植物園，回到家裡，幾乎累得不能動。女兒問她明天要不要在家休息，她想了想然後說：睡一夜大概就沒事了，一個人躲在家裡怪無聊的，聽說這裡的現代藝術博物館還不錯，想去看看。沛沛知道母親深愛藝術，就答應明天上午先送她去。

沛沛因為趕著要回去上班，把母親送到現代藝術博物館門口，要母親參觀完了以後再乘計程車回家，就匆匆的走了。楚韻文走進館裡，心裡正想著既沒有跟吳遠流約時間，恁大一間博物館怎會碰得到時，他就出現在她面前。他今天沒有穿西裝，只穿著一件純白的絲質運動衫，顯得年輕多了。他微笑著，眼裡露出喜悅的光芒，伸手和楚韻文相握。

「你早哇！」他說。

「早！是女兒送我來的，因為她還要回去上班，所以特地早一點來。」她照實的說。

「這裡一開門我就進來了，我全心全意在等你。」

「假使我不來呢？」

「我就等到關門才走。」

他的話太急進了，這使得她臉上一陣發熱。

「我們開始參觀好嗎？」他手上拿著一份說明書，準備帶路。

他點點頭，兩人就從樓下看起。樓下院子裡陳列著一些現代雕刻，她對這些不感興趣。二樓三樓陳列的是繪畫和攝影，在二樓一間大房間裡，她發現了莫內的巨幅《睡蓮》，長度竟佔了兩面有多的牆壁，朦朧的色調、柔和的筆觸，正是她最喜愛的。然後，在另一間房間裡，她又發現畢沙羅的一幅巨畫，剛好跟她臺北家裡的複製品一樣，不免感到分外親切。她興奮地徘徊在一室又一室的名畫中，吳遠流總是跟在她身後，除了對名畫讚賞以外，他完全沒有賣弄一個畫廊主人對繪畫的豐富知識，這使得楚韻文覺得他這個人相當有修養。

看完了現代藝術博物館三層樓的收藏，時間已經是午後一時許。吳遠流看了看錶說：

「餓了吧？我們去吃飯好嗎？」

楚韻文也累了，就點頭同意。

「楚女士喜歡吃中國菜還是西餐？」在門口，他這樣問。

「我吃得不多，中午尤其吃得簡單，請不要為我費心。而且，我要事先聲明，我們入境隨俗，各人自己付帳，這一點你必須先答應我。」她一臉嚴肅地說。

「你好厲害，就像是我的老師似的，我依你！我依你！」他連連苦笑著。馬路斜對面有一家看來相當雅潔的小店，楚韻文因為太累，就提議去那裡吃，吳遠流也沒有異議。兩人坐在臨街的落地玻璃窗後的一副座位上，桌面的花瓶裡插著一把黃色的小雛菊。在吳遠流的眼中，這些小黃花正好襯托得楚韻文的秀髮更黑，眼睛更亮。楚韻文點了一客蔬菜沙拉和冰牛奶，他卻要了牛排和咖啡。他調侃地說：

「我是肉食動物。」

她知道：絕大多數男人都是喜愛吃肉的，沛沛的父親就是；而且，他還是個對吃非常挑剔的人。也不知道是不是由於她的不善烹飪，後來，她聽別人說他感情走私的對象竟是一個燒得一手好川菜的年輕寡婦。

「楚女士，甚麼時候你才讓我有請你吃一頓飯的光榮呢？」吳遠流津津有味地一面吃著牛排一面這樣問。

「你為什麼一定要請我？這樣不是很好嗎？」

「我總是覺得身為男士，應該有這個義務。」

「我是新女性主義者，不管這一套。」

「你不是的，你溫柔而又端莊，完全是一位傳統的中國女性，我不明白你過去的先生為什麼會——」

「吳先生，請不要再談到這件事好嗎？」她把臉板起來。

「對不起！」他咽下最後一口牛排，喝了一口咖啡，又說：「下午我要到東村去參觀畫廊，那裡從前是嬉皮們聚居的地方，現在還有許多畫家和藝術家住在那裡，一道去看看好嗎？」

紐約的格林威治村，也稱東村，是美國嬉皮在東岸的大本營，這個事實，楚韻文在國內時便聽說過，現在有機會親臨，她當然不會錯過。吃過午餐，各人付過了帳，吳遠流便帶她到東村去。

到了那裡，楚韻文不禁有點失望。這裡，街道狹窄、房屋低矮老舊，所謂畫廊，只不過是一間間賣畫的商店而已。逛了幾間，根本看不到幾幅滿意的作品，吳遠流不禁搖搖頭說：

「奇怪！紐約這麼大的地方，怎麼就發現不到好畫呢？看來我只好空手而歸了。」

她說她要回家了，吳遠流又要約後會，說要帶她乘船去遊赫德遜河谷，她答應了他，但是拒絕他去接她。她只肯在四十二街的地下車出口等他。她的一而再地答應一個陌生男人的約會，這使得她自己也有點吃驚。是半年孤獨的日子使她失去了單槍匹馬到處觀光的勇氣？還是下意識地想對離了婚的丈夫以牙還牙呢？

那個晚上，沛沛發現母親的興致似乎特別好，便問母親今天玩得怎樣。楚韻文被女兒一問，馬上脹紅了臉，她輕咳了一下，掩飾著內心的不安，然後微笑著說：

「好巧啊！你猜我在現代藝術博物館碰到了誰？」

「誰呀？快說嘛！」沛沛緊張地問。

「也是臺灣來的一位女老師，她在臺中教書，跟我一樣是高中英文教員。我們剛好都在一起看畫，是她先跟我說話的，就這樣我們認識了。」這是楚韻文事先準備好的謊言，所以說來不露痕跡。

「啊！媽，你交到一位新朋友，我太高興了！那麼，你們有沒有交換電話，準備以後再見面呢？」沛沛問。

「沒有，不過我們已經約好了後天見面，一起坐船去遊赫德遜河谷。」

「太好了！我正在發愁自己不能好好陪你玩，假使那位老師以後也能夠跟你結伴去玩，我就放心了。」沛沛摟住了媽媽的肩膀說。

是的，沛沛可以放一百個心，她的母親交到了一個體貼萬分的遊伴。吳遠流不但帶楚韻文乘船去遊赫德遜河的河谷，讓她看到了赫德遜河上游岸邊千仞懸崖的奇景，更帶她遊遍了紐約市和市郊的博物館、教堂以及所有的觀光要點。每次出遊，除了零星的車錢外，其他像吃飯、入場券等等費用，楚韻文仍然堅持各自付帳，絕對不讓吳遠流有機會請她。他們一起玩了六次，在這兩個星期內，楚韻文承認自己玩得很開心；而沛沛也覺得母親自從認識了一位「趙老師」以後，整個人都變得年輕活潑起來了。

楚韻文和吳遠流第七次見面時，他說要請她看電影，是一部今年才拍的法國文藝片，而且還得過坎城影展的獎。因為在國內近年無法看到歐洲片，而法國片又是她一向喜愛的，因此她答應了，但是卻不讓他請客。吳遠流開玩笑地說她不近人情，而她也覺得自己未免頑固得像個老小姐，就破例首肯一次。

那的確是一部水準很高的影片，可惜卻有不少色情鏡頭。有些地方她看得心驚肉跳，不忍卒睹；但是坐在她旁邊的吳遠流卻是全神專注，看得入了迷。她也聽說過法國片的大膽作風，今天可說是大開眼界了；只是，孤男寡女一同看這種電影，是不是有點不妥？他又為什麼要請她看這部片子，是不是故意的呢？

就在這個時候，她忽然感覺到大腿上一陣熱，原來是吳遠流的一隻大手竟然放到她的大腿上了。一股驚惶與憤怒之情使得她沒有作任何考慮，馬上把那隻手推開，站了起來，衝到外面去。在影院門外，剛好有一部計程車經過，她連忙把它攔住，鑽了進去。還沒有坐下，背後就聽見吳遠流呼喚她的聲音，她沒有理他，把地址告訴了司機，計程車就開始發動。這時，她才轉過頭去，看見吳遠流哭喪著臉，氣急敗壞地站在人行道，他的嘴巴大開著，一隻手伸出來指著她，那副狼狽的樣子跟他平日的紳士派頭可說迥然不同。

回到家裡，她忍不住倒在床上痛哭起來。她用現代人開放的胸襟，在異國接納了一個異性同胞的友誼，想不到這個懂得藝術的人，竟也破除不了「男女之間沒有友誼存在」這個觀念，還是要把她當女人看待。她越想越感到被人侮辱，也越想越生氣；同時，她也不肯原諒自己，這件事也多少有點咎由自取，她決定早點回臺北去。

沛沛下班回家，發現母親今天回來得特別早，而且眼圈紅紅的，神色有點怪異，就緊張地問：

「媽，你怎麼啦？是不是哪裡不舒服？」

被女兒這樣一問，楚韻文已乾的眼淚又開始撲簌簌地落下來。

「沛沛，原諒媽，媽向你撒了一次謊。」她把女兒拉到身邊，讓她和自己並排坐下，同時還緊緊地摟住了她的肩膀。

「媽，你在說什麼？你別哭呀！」沛沛連忙用手帕替媽媽拭著淚。

「孩子，媽跟你說碰那位趙老師，根本沒有這個人，這半個月以來，媽其實是跟一個男人一起玩。我怕你笑我，所以只好騙你。」楚韻文的情緒現在漸漸平復了。

「媽，我為什麼要笑你？你現在是個獨身女子，你有權利交男朋友呀！」

「我覺得自己年紀大了；而且你口口聲聲說恨男人，又說不要結婚，我這樣做，你也許會輕視我。」

「媽，你才四十多歲，身段這樣苗條，又是大學畢業生，你的條件還挺不錯的，為什麼不能夠再交男朋友？我又怎敢輕視你？真的，媽，我誠心誠意的希望你有個好歸宿；那麼，將來我——」

「啊！你這個丫頭，其實還是想結婚的，是不是？」

「假使媽不再結婚，那麼，我就要獨身一輩子侍奉你。」

「可是，到了我這個年紀，已經很難找到理想的對象的了。」楚韻文深深的嘆了一口氣。

「媽，你不是已經交到一個男朋友了嗎？告訴我，他是個怎樣的人？還有，你剛才又哭什麼呢？」

「他長得高高大大的，稍稍有點胖，在臺北開畫廊。」

「不錯呀！他一定很懂藝術。他幾歲了？」

「他是很懂。大約五十出頭吧，我也沒有問他。他的妻子去世兩年了，家裡有一個十六七歲的兒子。」

「聽起來還相當理想的，媽，你為什麼不早告訴我？也不介紹他給我認識？」

「還不到時候嘛！我們雖然認識了半個月，但是在一起才不過六七次。而且，到目前為止，我都沒有接受過他請我吃一餐飯，我要慢慢觀察他呀！」

「媽，你也未免太拘謹、太矜持了。有時，我覺得我真是有點不瞭解你哩！」

聽了女兒這句話，楚韻文突然鬆開了女兒，轉過臉來怔怔地瞪著她。「不瞭解你」這句話不是經常出自那個離了婚的丈夫口中嗎？兩個人每次拌嘴，沛沛的父親最後總是搖搖頭以「你這個人真是難以瞭解」作為收場，然後就離開了家。有時，幾個鐘頭以後回來；有時，一走就兩三天，甚至一個禮拜。起初，她在盛怒中「不管他的死活」，並不在意；後來，曉得他原來外頭有了人，於是，等他回來又再吵，直吵到他幾乎不敢回家。她丈夫在外面對人批評她冷淡、沒有熱情、沒有女人味、不愛進廚房、不愛做家事，結論還是「我不瞭解她」。

我真的是難以瞭解、冷漠無情而又不善持家嗎？這樣說來，這個丈夫也是我自己輸掉的啊！

「可是，沛沛，你也不瞭解男人，男人真的不是好東西哩！」楚韻文對丈夫的恨意未消，因此在女兒面前也不肯認錯。

「媽，你又在說偏激的話了，你才是一竿子打翻一船人啊！」沛沛頑皮地模仿母親以前說過的話。

楚韻文不再跟她辯，只是一五一十地把自己和吳遠流交往的經過通通告訴女兒。她原來以為沛沛聽了也會像自己一樣勃然大怒的；可是沛沛沒有，她只是莫名其妙地問：

「媽，你有沒有把這裡的地址和電話告訴他？」

「沒有，我怎會這樣笨？」

「那麼，你就失去一個機會了。」沛沛一本正經地說。

「沛沛，你這樣急著把母親趕出去？」楚韻文不高興地說。

「媽，你且慢生氣，我不是這個意思。我只是覺得：那位吳先生在你的口中實在是很理想的一位男士，他在電影院中的所為雖然是太急進了，不過也並非不可原諒，你這樣拂袖而去，是不是太絕情一點呢？」

「你不認為他是在侮辱我？」楚韻文還是氣虎虎的。

「我相信他絕對沒有這個意思。」

「那你叫我怎麼辦？」

「你只要表明你的態度，他一定會尊重你的。」

「我這麼一把年紀了，就是受不了男人這樣對待我。」

「這就是男人之所以為男人呀！」

「鬼丫頭，你彷彿對男人很瞭解，是不是？」

「媽，不要再把我當小孩子了，你不是已經開始著急，怕我嫁不出去，變成老小姐了嗎？」

「鬼丫頭，想不到你一張嘴這麼厲害！」楚韻文笑著擰了女兒的腮幫子一下。有一個這麼體己而又懂事的女兒，她覺得自己還是一個很幸福的人。

「啊！對了，媽，你知道不知道那位吳先生在臺北開的是什麼畫廊？」沛沛忽然大叫起來。

「他給過我一張名片，他那家畫廊好像是叫羅浮宮。你問這個幹嘛？」

「他知道你在那一家學校教書嗎？」沛沛不回答母親的話，又這樣問。

「嗯？」楚韻文沉吟著說。

「我好像告訴過他的。」

「太好了！」沛沛高興得拍著手叫了起來。「你不是說他也是這個月底回去嗎？我相信，你們在臺北一定後會有期的。」

畢璞全集‧小說17　PG1414

清音

作　　者	畢　璞
責任編輯	劉　璞
圖文排版	周妤靜
封面設計	楊廣榕
出版策劃	釀出版
製作發行	秀威資訊科技股份有限公司
	114 台北市內湖區瑞光路76巷65號1樓
	電話：+886-2-2796-3638　傳真：+886-2-2796-1377
	服務信箱：service@showwe.com.tw
	http://www.showwe.com.tw
郵政劃撥	19563868　戶名：秀威資訊科技股份有限公司
展售門市	國家書店【松江門市】
	104 台北市中山區松江路209號1樓
	電話：+886-2-2518-0207　傳真：+886-2-2518-0778
網路訂購	秀威網路書店：http://www.bodbooks.com.tw
	國家網路書店：http://www.govbooks.com.tw
法律顧問	毛國樑　律師
總 經 銷	聯合發行股份有限公司
	231新北市新店區寶橋路235巷6弄6號4F
	電話：+886-2-2917-8022　傳真：+886-2-2915-6275
出版日期	2015年7月　BOD一版
定　　價	260元

Printed in Taiwan

國家圖書館出版品預行編目

清音 / 畢璞著. -- 一版. -- 臺北市 : 釀出版,
2015.07
面 ; 公分
BOD版
ISBN 978-986-445-013-8(平裝)

857.63 104008361

讀者回函卡

感謝您購買本書，為提升服務品質，請填妥以下資料，將讀者回函卡直接寄回或傳真本公司，收到您的寶貴意見後，我們會收藏記錄及檢討，謝謝！如您需要了解本公司最新出版書目、購書優惠或企劃活動，歡迎您上網查詢或下載相關資料：http:// www.showwe.com.tw

您購買的書名：________________________________

出生日期：_______年_______月_______日

學歷：□高中（含）以下　□大專　□研究所（含）以上

職業：□製造業　□金融業　□資訊業　□軍警　□傳播業　□自由業

□服務業　□公務員　□教職　□學生　□家管　□其它_____

購書地點：□網路書店　□實體書店　□書展　□郵購　□贈閱　□其他

您從何得知本書的消息？

□網路書店　□實體書店　□網路搜尋　□電子報　□書訊　□雜誌

□傳播媒體　□親友推薦　□網站推薦　□部落格　□其他__________

您對本書的評價：（請填代號　1.非常滿意　2.滿意　3.尚可　4.再改進）

封面設計____　版面編排____　內容____　文／譯筆____　價格____

讀完書後您覺得：

□很有收穫　□有收穫　□收穫不多　□沒收穫

對我們的建議：________________________________

____

____

____

請貼
郵票

11466
台北市內湖區瑞光路 76 巷 65 號 1 樓

秀威資訊科技股份有限公司　　收

BOD 數位出版事業部

....

（請沿線對折寄回，謝謝！）

姓　　名：________________　年齡：________　性別：□女　□男

郵遞區號：□□□□□

地　　址：______________________________

聯絡電話：（日）________________（夜）________________

E-mail：______________________________